衛斯理小說典藏版 03

衛斯理與白素

《地底奇人》續集

衛斯理
親自演繹衛斯理
《衛斯理與白素》

新之又新的序言，最新的

衛斯理小說從第一次出版至今，歷時已近半世紀，總共出了多少正版，還能計得清，若是連盜版一起算，那就算找外星人來算，也算勿清楚哉！不知能不能也算世界記錄。

算得清好，算勿清也好，能幾十年來不斷出新版，說明不斷有讀者加入，對作者來說，沒有更值得高興的事了，謝謝所有喜歡衛斯理的人，謝謝謝謝。

倪匡

二〇二〇年 六月四日 香港

幾句話

寫了四十多年小說，論者將拙作分為三個時期：早、中、晚。在明窗出版的一批，屬於早期和中期的上半。三個時期的創作風格有相當程度的不同，所以風評不一。本人並無偏愛，但讀友對早期的作品，頗有好評，大抵是由於在早、中期作品之中，主要人物精力充沛，活力無窮，所以使故事曲折多變，小說也就格外吸引。明窗出版社此次重新出版這批作品，正好讓大家來證明這一點。

四十餘年來，新舊讀友不絕，若因此而能有新讀友，不亦快哉！

二〇〇五年十一月六日

序言

這一冊索性冠以「衛斯理與白素」之名，因為寫的是真正以他們兩人為主的故事，自然，也全然是「地底奇人」的續集。所以，書一開始是「十一」節，那便是接著上一冊而來的，在封面上也說明，絕無任何取巧之意，理應說明。

衛斯理和白素在這一個故事之中，「乾坤定矣」，自此之後，白素衛斯理，就成了難以分離的一對，共同經歷著無可比擬的幻想生涯。

在這個故事寫作時，對於以後的發展並未能預料到，所以有些地方和日後的發展有點矛盾，這次全部經過了刪改。

衛斯理（倪匡）

一九八六年八月十三日

目錄

第十一部

不可想像的敵人

我想起宋堅不肯交出鋼板的情形，憶起有關宋堅義薄雲天，仗義疏財的事蹟，更記起了宋堅對我，傾膽相交的情形。

要我相信宋堅，竟會是如此卑鄙的小人，實在是沒有可能的事。

可是，鐵一般的證據，卻又證明了屢次害我的，正是他，絕不是別人！

白素見我發呆，她也一聲不出，等我呆了半晌，轉頭望向她的時候，她才道：「我想到了，你、我爹、我哥哥，我們這幾人，自始至終，都不是宋堅的敵手，直到攝得了他的相片，以後的情形，只怕會不同了！」

我道：「這簡直不可想像，宋堅家產鉅萬，全花在窮兄弟的身上……」

白素立即道：「這事情，只有兩個可能，一個是事隔多年，宋堅變了，還有一個可能，就是眼前的宋堅，根本不是宋堅！」

我怔了一怔，道：「有假冒的秦正器，難道還會有假冒的宋堅？」

白素道：「還有什麼不可能？飛虎幫在皖南山林區之中活動，宋堅本就很少露面，只有當年大家相會過一次。如果不是你太過能幹，我爹也絕認不出你是假冒的秦正器來！」

我想了一想，道：「仍是說不通，如果是這樣的話，他當然目的在那一筆財富，何以當時，他竟會反對將財富瓜分？」

白素冷笑一聲，道：「他反對將財富瓜分，目的便是想獨吞！」

我不得不承認，我的思緒，十分混亂，而且，也絕比不上白素的敏捷，我只得呆呆地望着她。

白素又道：「所以我說，我們自始至終，一直敗在他的手中，敗得最慘的，是我的哥哥。他一定早已知悉了我哥哥的計劃……」

她說到這裏，我不禁失聲道：「你說二十一塊鋼片，在他手中？」

白素道：「正是，他之所以不肯將自己的一片交出，乃是因為，萬一他奪不到其餘的鋼片時，我哥哥也非和他合作不可之故！」

我呆了半晌，愈覺得白素的分析有理！白素又道：「在他的小腿上，一定有着抓傷的傷痕，而你的腿上傷痕，卻是他抓出來的！」我一躍而起，道：「我去找白老大！」

白素道：「小心，若是見了他，千萬不可暴露我們已知道了他的秘密！」

我點了點頭，又將白素扶出了黑房，放在牀上，拉起了被子蓋上，正待轉身之際，突然聽得房門上，響起了剝啄之聲。

白素一呆，連忙一握手，令我躲入黑房之中，一面則揚聲道：「什麼人？」

門外傳來的，卻正是宋堅的聲音！

我和白素兩人，互望了一眼，白素又揮了揮手，我身影一晃，立即隱入了黑房之中，將門掩上，但是卻留下一道縫，以察看室外的情形。

只聽得白素道：「原來是宋大叔，請進來吧，門並沒有鎖。」

白素的話才一說完，門便被推了開來，宋堅走了進來。

宋堅進來之後，四面一看，道：「咦，衛兄弟不在這裏麼？」

白素道：「他來過，但是又走了。」

宋堅突然一笑，道：「老大因為你哥哥的事，十分難過，但是他卻另有一件事，十分高興。」

白素道：「什麼事啊？」

宋堅道：「你也一定早已知道了，你看衛兄弟這人怎樣？」

白素低下頭去，面頰微紅，一言不發。

宋堅又「呵呵」大笑起來，我對他的偽裝功夫，不由得十分佩服，因為他的笑聲，如此爽朗，實是難以相信，他竟會是卑鄙小人！

宋堅笑了幾聲，道：「媒人，你宋大叔是做定的了。」白素道：「宋大叔，你別取笑了！」

宋堅更是哈哈大笑起來，突然間，一揚頭，道：「衛兄弟，你出來吧，躲躲閃閃作什麼？」

我一聽得宋堅如此叫法，一顆心幾乎從口腔之中，跳了出來！

一時之間，我出也不是，不出也不是。我相信白素的心中。一定也是一樣的焦急，因為我們並未將放映機關掉，黑房的牆上，仍留着宋堅的像，如果他衝了進來，那非但打草驚蛇，而且，宋堅見事已敗露，他又怎肯干休？而我和他幾次接觸，已深知他在中國武術上的造詣，遠在我之上。

白素又受傷不能動，他一發起狠來，我們兩個人，實在不是他的敵手！

大約也因為這個緣故，白素唯恐我不出來，宋堅便會闖進來之故，因此叫道：「你出來吧！」我硬着頭皮，順手將黑房的門關上。

宋堅見了我，又是哈哈一陣大笑。

我竭力地裝作若無其事，道：「宋大哥別取笑。」

宋堅伸手，在我肩頭上拍了兩下，道：「衛兄弟，你休息不夠，來日方長，還是快去睡吧！」

我忙道：「不，我還有一點事，要去見白老大。」

宋堅道：「好，咱們一起去！」

我回頭向白素望了一眼，白素向我，使了一個眼色，令我小心。宋堅和我，一齊向門外走去，剛到門口，宋堅突然「噢」的一聲，轉過身來，道：「幾乎忘了，老大命我來取一件東西。」

白素道：「什麼東西？」

宋堅道：「老大說，有一具小巧的自動攝影機，在你這裏，他要用，叫我來取了去。」

我絕對相信，白素的智力和鎮定力，都在我之上，那時候，我整個人都已經呆了，只能僵硬地轉了一下頭，向白素看去。

只見白素的面色，也微微一變，接着，她便「啊」的一聲，道：「不錯，爹是有着那樣的一具攝影機，本在我這裏，但是已給我一個朋友借去了，如今不在。」

我的心中，怦怦亂跳，因為萬一宋堅如果不相信白素的飾詞，豈不是糟糕？而宋堅遲不問，早不問，偏偏在這個時候，問起了那具攝影機，如果說是偶合，事情也未免太巧了。

當下，只聽得宋堅「噢」的一聲，道：「那我就回去覆老大好了！」

白素道：「不知爹有什麼用處，我早知爹要用，也不會借給人家了。」

宋堅淡淡地道：「我也不知道。衛兄弟，我們走吧。」我鬆了一口氣，跟着宋堅，走了出去。我特地走在後面，輕輕地關上了門，在關門的時候，又和白素兩人，交換了一個眼色。

我們在走廊中，向前走出了七八步，宋堅突然用力，伸手在我的肩頭，猛地一拍！那一拍，力道極其沉重，不禁嚇了我一跳，我立即閃開，抬頭向他看去，卻又見他，滿面笑容，我心中實在猜不透宋堅是在鬧什麼鬼，宋堅見了我驚駭的神色，面上也露出了愕然之色，道：「衛兄弟，怎麼啦？」

我鎮定心神，道：「沒有什麼。」

宋堅突然又神秘地一笑，道：「我知道了，衛兄弟，你失神落魄，可是為了——」

他講到此處，卻又故意頓了一頓，我忙道：「宋大哥，我沒有什麼事！」宋堅伸出一隻手指來，直指向我的面上，我唯恐他趁機對我下毒手，點向我面部的要穴，連忙向後退出。宋堅卻笑着：「你可是怕白老大不肯答應？」

宋堅講到此處，拍了拍他自己的胸脯，道：「你放心，有我！」

我聽得他如此說法，才鬆了一口氣。同時，我的心中卻也生出了極大的疑惑。因為，看宋堅的言行，如果說他是假裝出來的話，那實在裝得太逼真了。可是，如果說他不是假裝，那卻又令人難以相信，因為攝影機所攝到的，正是他的相片！

我抱定宗旨，在白老大未看到那一卷軟片之前，絕不和他翻臉，因此便笑道：「宋大哥，一切仍要你多多幫助。」宋堅「呵呵」笑着，又向前走去。

不一會，我和他便已經來到了白老大的書房門前，推門進去，宋堅第一句話便道：「老大，素兒說，那一具相機，給人借去了。」

白老大兩道濃眉，倏地向上一豎，道：「什麼？給人借去了？」我連忙道：「她說，借給了一個朋友去玩幾天。」白老大手指在桌上輕輕地敲了幾下，人便霍地站了起來。

白老大站了起來之後，問道：「傷勢怎麼樣了？」宋堅笑道：「再有兩天，只怕就可以起牀了，我到的時候，她正在和衛兄弟卿卿我我哩！」

白老大的面上，卻沒有笑容，緊蹙着雙眉，像是在沉思着什麼，並沒有多久，便道：「你們兩人，在這裏等我，不要離開。」

宋堅道：「老大，你上哪兒去。」白老大道：「我到素兒那裏，去去就來。」

我起先不明白白老大何以要到白素那裏去，可是隨即我便明白了，白素雖然是在臨機應變之中，她所說的飾詞，仍是有特殊意義的。那具小巧的活動電影機，一定是絕不可能外借之物，所以白老大一聽，便覺得事有蹊蹺，要去問個究竟。

而白老大一到了白素那裏，事情一定也可以弄明白了！我心中不禁暗暗高興，因為白老大一定不會離開很久，只要在那段時間中，我看住宋堅，不讓他有任何異動，白老大一回來，事情便可以水落石出了！

因此，白老大一出門，我便有意地來到門旁的一張椅子上，坐了下來，以防宋堅要奪門而出之際，我可以拚命抵擋一陣。

我坐定之後，雙眼一眨不眨地望着宋堅，注意着他的行動。我的心中，實是十分緊張，因為宋堅的武術造詣，在我之上，如果他覺出不妙，要對我硬來的話，只怕我也難以對付。

看宋堅時，他卻若無其事地背負雙手，在室中踱來踱去，後來，又站在書桌之前，翻來覆去地看那四塊鋼板，自言自語地道：「于司庫這人，雖然臨老變志，但的確是鬼才，這四塊鋼板上，竟然一點線索也找不出來！」我不能不出聲，還得一直答應着他的話。

前後只不過七八分鐘的時候，但是我卻像等了不知多久一樣，手心也在微微出汗，好不容易，才聽到了白老大沉重的腳步聲，傳了過來，接着，他便推門走進了書房，他一進書房，首先向我望了一眼，略為點了點頭，我知道他已經明白了一切。

提了半天心，這時才算放了下來。因為宋堅的武術造詣雖高，但是卻也難以和白老大相比的。白老大一聲不出坐了下來，一擺手，道：「宋兄弟，你也坐下，我有幾句話要和你說。」

宋堅顯然不知道他的所作所為，已經全部拆穿，還是若無其事地坐了下來。

白老大望了他半晌，道：「宋兄弟，中國幫會之中，雖然人才輩出，但有的利慾薰心，有的官癮大發，晚節不保的居多，宋兄弟，希望你我兩人，不要步人後塵才好！」

宋堅雙眉牽動，道：「老大，我自信我們兩人，絕不至於如此！」

白老大歎了一口氣，道：「宋兄弟，你在七幫十八會中的威望，僅次於我，我也對你十分尊重，總希望你不要自暴自棄！」

我已經聽出了白老大的用意，是還不想令宋堅太難堪，因此用言語點醒他，想叫他幡然悔悟，不要繼續作惡，白老大也可謂用心良苦。

但宋堅一聽得白老大如此說法，面色陡地一變，呆了一呆，道：「老大，我和你乃是肝膽之交，光棍眼裏不揉沙子，你剛才的話，定是有為而發，尚祈你直言，不要閃爍！」

宋堅在講那幾句話的時候，臉上的神情，顯得十分氣憤。我在一旁，忍不住要罵了出來，叫他不要裝模作樣，但是，我只欠了一欠身子，白老大向我揮了揮手，不令我多口，道：「宋兄弟，你說得不錯，憑咱們兩人的交情，講話確是不應該閃閃縮縮，那麼——」

他講到此處，略停了一停，一字一頓，道：「請你將那二十一塊鋼板，交了出來！」

宋堅一聽，突地站了起來，面色發紫，眼中威棱四射，大聲道：「老大，你這是什麼意思？」白老大道：「那二十一塊鋼板，在你身上；三次害衛兄弟的，也就是你！」宋堅呆了一呆，陡地哈哈大笑起來，道：「白老大，想不到我們兩人，一場相知，竟落得如此下場，你去發瘋吧，我走了！」

他話一說完，一個轉身，便大踏步向門口走來。我連忙站了起來，厲聲道：「姓宋的，想溜麼？」宋堅像是料不到我也會對他陡地發難一樣，怔了一怔，面上神色，更是大怒，暴雷也似地喝道：「讓開！」

他一面暴喝，一面右手，「呼」的一聲，揮了過來。我見他這一揮，用的力道甚大，立即身子一閃，右臂一圈，以小擒拿手中的一式「逆拿法」，反刁他的手腕，我的出手，不可謂不快，這一式逆拿法，能夠避得開的人，實是屈指可數！

但宋堅的行動更快，我一抓甫出，他剛一揮出的右臂，陡地向下一沉，反沉到了我的手腕之下，依樣葫蘆，也是一式小擒拿手中的逆拿法，來抓我的手腕，我大吃一驚，連忙後退。

宋堅悶哼一聲，一腳向我腰際踢來，我仗着身形靈活，旋一擰身，避了開去，宋堅的一腳，在我腰際擦過，我身形未穩，翻手一掌，向他小腿砍出，但宋堅出腿收縮，快疾無比，我一掌砍下，他右腿已收去，左腿卻抬了起來，膝蓋向我手肘撞來！

我知道這一下，若是被他撞中，我一條手臂，非廢去不可，只得連忙收招後退，總算堪堪避過，已經出了一身冷汗！

我和宋堅動手，互發三招，只不過電光石火的時間，白老大手在椅圈上一按，身形已經疾掠而起，就在我退開，宋堅狠狠地瞪了我一眼，轉身向門外闖去之際，他身形一閃，已經來到了門口，以背貼門而立。

宋堅連忙收住了腳步，離白老大只不過兩步，他們兩人，身形凝立，互相瞪視，半晌不動，白老大才沉聲道：「宋兄弟，一人作事一人當！」

宋堅想已怒極，脱口罵道：「放屁，你不去管教自己的寶貝兒子，貽羞家門，還有什麼資格來和我説話？」白老大的面上，本來還帶着十分懇切的神情，希望宋堅懸崖勒馬。

可是宋堅那兩句話，才一出口，只見白老大的面色，驟然大變，鐵也似青，語音尖峻，道：「犬子不肖，我自會處置，你想以此作為藉口，離開此處，卻是不能！」

宋堅一聲冷笑，道：「笑話，宋某要來就來，要去便去，誰能阻攔？」

白老大橫掌當胸，道：「不妨試試，只要你過了白某人這一關。任你四海遨遊，八表飛翔！」

宋堅猛地後退一步，我也不由自主地向後退出一步。因為這兩人若是動起手來，我是無論如何，插不進手去的，站在一旁，只會誤傷！

宋堅後退一步之後，右手向後一揚，已將白老大的座椅，抓在手中，一聲暴喝，手臂擒起，那張椅子，疾如流星，向白老大當頭砸下！

白老大怪嘯一聲，身形一矮，衣袂飄飄，便向外避了開去，他一面避開，在我身旁掠過之際，還推了我一下，將我推到屋角。

宋堅那一下，未曾砸中白老大，卻正好擊在門上。

白老大書房的那扇門，本是玻璃的，可以由內望外，而不能由外望內，宋堅的椅子，用力碰了上去，只聽得「嘩啦啦」一聲響，已將那扇門碰得粉碎！

宋堅卻不立即向門外掠去，立即轉過身來，轉臂向前一送，那張椅子，疾飛而出，他人也跟在椅子後面，向白老大撲去，椅子已經離手，但是他人向前撲出之際，卻緊推着椅子，竟像是那整個身子，也是被人拋出去的一樣快疾！

我在一旁看着，心中不禁大是感佩。

這分明便是中國武術中的一門絕技，「飛身追影」之法！使這種武技的人，宋堅是我所見的第二個。第一個，是在上海大世界中所見到，那人的功夫還不甚到家，但已能隨手掄出一根竹竿，飛身趕上，人和竹竿，同時墮於兩丈開外！

宋堅的「飛身追影」功夫，顯然已到了極高的境界，白老大一揮手臂，將那張迎面飛來的椅子碰飛，「砰」的一聲響，那張椅子在天花板上，撞得粉碎，木片還未曾落下，宋堅左右雙拳，已將攻到白老大的胸前！

白老大手臂上揮，胸前門戶大開，我不免替白老大捏一把汗。

但是白老大能有如此盛譽，應變之快，確乎不同凡響，一眨眼間，只見他身子硬生生地，向旁轉了開去，他那一轉，已避開了宋堅的兩拳，而他同時，身子直挺挺地向上，躍過了書桌，來到了書桌之後。

宋堅大吼一聲，手揮處，將書桌上的一切，都掃得飛了起來，向白老大砸去，白老大一格，「嘩」的一聲，撕下了一幅遮住一隻保險箱的布簾，向前迎出，將迎而飛來的一切，都兜入簾布之中，再將布簾，向外一揮，「啪」地落地，白老大左手已經攻出了兩掌。

兩人雖是隔桌對峙，但是那兩掌一攻出，卻也令得宋堅。後退了一步！

這時候，書房外面，已經聚集了不少人，人人都面上變色，膽子大的，走得近些，頻頻問道：「白老大，宋大哥，什麼事不好說，而要動手？」

白老大厲聲道：「你們走開！」

那一聲陡喝，更是威嚴無匹，在門外的眾人，不由自主，散開了些。宋堅哈哈大笑，道：「各位兄弟，白老大說我存心害衛斯理，吞沒了那二十一塊鋼板！」

宋堅此言一出。眾人又交頭接耳起來，面上現出了難以相信的神色。

我立即道：「姓宋的，咱們可不是冤枉你！」

宋堅向我，「呸」的一聲，道：「算我瞎了眼，竟會和你稱兄道弟！」

我心中也不禁大怒，道：「白老大，你將事情，和他說說，」白老大吸了一口氣，顯然已準備將經過情形，說了出來。但是宋堅卻已勇若猛虎，向前踏出了一步，手在書桌上一聲巨響，那張書桌，竟被他下落之勢，硬生生地，壓成了兩截！

書桌一斷，宋堅人也向下沉來，在他雙足，尚未點地之際，雙臂上下一分，一拳擊向白老大的面門，另一拳卻向白老大的胸際擊出。

由於他雙拳擊出之際，腳尚未落地，拳風甫起，他身子向下一沉間，那擊出的兩拳，已經改了方位，變成了一拳擊向白老大的胸際，另一拳，卻撞向白老大的腹部！

他出拳的姿勢，沒有改變，但拳勢卻已經不同，當真是極盡變幻之能事！

白老大在宋堅剛一出拳之際，並不出手，到宋堅落地之後，他才一腳向旁跨出，手翻處，一連五掌，掌影連晃，硬迎了上來！

宋堅見自己兩拳的攻勢，已為白老大封住，「哼」的一聲，收拳後退。

可是白老大像是料到宋堅，早會有此一着一樣，宋堅才一退，他便跟了上去，左臂一圈，五指如鉤，向宋堅的右肩抓來。

宋堅連忙向左一避，但白老大幾乎在同時，右手一探，又已向宋堅的左肩抓出！宋堅向左避來，連忙再想退後時，已慢了一步！

白老大一把抓住了宋堅的肩頭，「哼」的一聲，手揮處，宋堅的身子，向外撞了出去，撞在書架之上，整個書架，都被撞倒了下來。

但宋堅也當真十分了得，一撞之後，立即一躍而起，一俯身，拾兩塊，長達兩尺，寬約尺許的碎玻璃在手中！

那兩塊玻璃，是門上破裂下來的，斷裂之處鋒銳已極，無疑是兩柄極其鋭利的利器！白老大一見，「哼」的一聲，「宋兄弟，你這可是自取其辱！」

宋堅面色鐵青，厲聲道：「你還有什麼資格，稱我作兄弟？」白老大怔了一怔，緩步向宋堅走出，他才走出了兩步，宋堅雙臂一振，兩塊玻璃，「霍霍」有聲，揮起閃耀的亮光，向白老大劃來！

白老大向後一退，避了開去，手向後一探，抓了一條椅子腿在手中。

也正在此際，突然聽得一個嬌喘吁吁的少女聲音，道：「爹，宋大叔，住手，你們……怎麼……打起來了？」那聲音才一傳出，我首先大吃一驚，因為那不是別人，正是白素！

白老大和宋堅兩人，也怔了一怔，各自向後，退出了三步，我連忙循聲看去，只見門外聚集的眾人，一齊閃了開來，那個曾奉白素之命救我的中年婦女，扶着白素，向前走了過來。

我連忙搶前了幾步，白素又伸出左臂，掛在我的頸上，道：「我們到書房去。」我急道：「不可，他們正在動手，你怎麼能去？」

白素的神色，卻異常堅決，道：「不，一定要去！」我無可奈何，只得扶住她，向前走出，白素卻逕向宋堅走了過去！

我每向前走出一步，心頭的吃驚，便加深了一層，因為宋堅這時候，手中仍握着兩塊鋒銳無比的玻璃，而他的雙眼之中，又怒火四射，白素向他走去，實在是危險到了極點！

這時候，人人都屏氣靜息，白老大叫道：「站住！」

白素卻揚起頭來，道：「不！」

我緊緊地握住了白素的纖手，一直來到了離宋堅三、四尺處，白素才示意停了下來。

她一站定之後，喘了兩口氣，道：「宋太叔，一切全是我不好，念在你素昔疼我的分上，你也原諒了我爹和衛大哥吧！」

我和白老大兩人，一聽得白素如此說法，不禁大是愕然，因為我們兩人，都曾親眼看過拍攝到的宋堅的影片，白素也曾見過，她這樣說法，絕無理由！

宋堅「哼」的一聲，道：「素姑娘，你爹和衛斯理，竟然如此誣我，我寧死也難以見諒！」

白素歎了一口氣，道：「宋大叔，你跟我來看一件東西，你看到了之後，自然誤會冰釋了！」

這時候，不要說集在門外的眾人，莫名其妙，連我和白老大兩人，也不知道白素是在弄一些什麼玄虛。宋堅問道：「去看什麼？」

白素道：「宋大叔，你跟我來，就可以明白了，爹，你也一起來。」

白老大沉聲道：「素兒，你在搞什麼鬼？」白素輕輕地歎了一聲，道：「爹，是我們太粗心了，你可得向宋大叔陪罪！」

白老大一怔，道：「若是事情已水落石出，那我們當然認錯！」

宋堅「哼」的一聲，並不言語，白素又示意我扶她離去，宋堅和白老大兩人，跟在後面，兩人並不交談，有的人想跟來，都被白老大喝止。

不一會，我們都已到了白素的房中，一齊進了黑房，白素在椅上躺了下來，對我道：「你去開動放映機！」白老大道：「對，讓他看一看也好！」

我依言開動了放映機，牆上便出現了毒蛇撲擊等的情形，等到宋堅的面影出現時，白素叫道：「停！」宋堅的面形，便停留在牆壁上。

這時候，黑房之中，並沒有熄燈，我和白老大，立即回頭，只見宋堅雙眼發直，瞪着牆上，像是不能相信自己的所見一樣！

白老大冷冷地道：「宋兄弟，怎麼樣？」

宋堅卻恍若無聞，只是定着發呆。

白素道：「我們看到此處，便以為害人的，一定是宋大叔，所以影片雖然未完，卻兩次都未曾再放映下去，錯也就錯在這裏！」

我不解道：「怎麼會有錯？」白素道：「你再放映下去！」我又開了掣，只見牆上的宋堅，向後退去，門也關上，但是在門將關未關之際，宋堅卻獰笑了一下，緊接着，便是門被撞破，木屑紛飛的情形，牆上現出了走廊來，白素又道：「停！」

我和白老大，都未曾看出什麼破綻來，但是聽到宋堅失聲道：「是他！」

白素忙道：「宋大叔，那是什麼人？」

我連忙道：「你怎麼啦？那不是他是誰？」白素卻緩緩地搖了搖頭，道：「你再仔細看看，門未關前，那一笑間，那人的牙齒，便可發現了！」

我和白老大互望了一眼，我又將軟片倒捲過來，再開動了放映機，到了那一個鏡頭的時候，我立即將放映機關上，仔細一看間，不禁「啊」的一聲，原來那人，雖然和宋堅一模一樣。但是，他在露面一笑間，上排牙齒上，卻有着兩枚極尖的犬牙！宋堅的牙齒，卻是十分整齊，絕對沒有那麼尖銳的犬牙的，這一分別，不是細心，絕看不出來！

我呆了一呆，向宋堅看去，只見宋堅，也望着牆上，面上出現了非常痛苦的神色。白老大站了起來，向宋堅走去，叫道：「宋兄弟！」

宋堅緩緩地回過頭來，道：「老大，你不必多說，多說反倒小氣了！」白老大點了點頭，道：「是我對不起你，若不是見到了電影，我絕不會如此的！」

宋堅站了起來，來回踱了兩步，白素道：「宋大叔，那個究竟是什麼人？」

宋堅道：「是我的弟弟！」

第十二部

各施絕技找尋線索

白老大大吃了一驚，道：「他怎麼會在這裏的？」

宋堅道：「我也不知道，我也與他多年沒有見面了。」

宋堅又道：「他和我相差一齒，自小便沒有人分得出，以為我們是雙生子，直到換了乳牙之後，他生了一對犬牙，人家才能夠分辨得出來，他是做了一件極對不起飛虎幫的事情之後，離開我的，足有七、八年了！」

我立即道：「他現在此處，當然走不脫？」

白素道：「只怕未必，他在這裏，一定什麼人都不避，只避宋大叔一人，因為人人見到他，都以為他是宋大叔。爹和宋大叔一動手，他焉有不知事情敗露之理，只怕早已溜了！」

白老大猛地一擊掌，道：「他就算走了，也走不遠，我們快到實驗室去，素兒，你休息一會，不要再勞累了！」白素答應一聲，白老大向宋堅伸出手來，宋堅握住了白老大的手，兩人一齊向外掠去。

我略為安慰了白素幾句，也急忙跟在後面，一路急馳，進了實驗室，白老大也不去理會他，來到了那具電視機前，將電視機打開，不一會，熒光屏上，便出現了海灘上的情形。

白老大在電視機旁的一排儀器之上，操作了一會，只見螢光屏上的畫面，漸漸改變，變成了海水，這時候，我們在地底，不知日夜，外面卻正是陽光普照的好天氣。

海水在陽光之下，閃着亮光，白老大又伸手按了一個鈕，畫面上的海水，突然看得更加清晰，白老大到這時候，才道：「我已由無線電操縱，為電視攝取器，加上了遠攝鏡頭。」關於這點，我和宋堅都是外行，只得仔細地注視着螢光屏。

只見螢光屏上，不斷變換着畫面，像是白老大正在利用無線電操縱，轉動電視攝取器，在海面上搜索，沒有多久，白老大突然向螢光屏一指，道：「看！」

我和宋堅，也一齊看到了，有一艘摩托艇，正在海面上向前飛馳。艇上可以看出，有兩個人，但是卻看不清楚他們是什麼人。

白老大忙問道：「杜兄弟，我記得我們曾配置過一具性能極佳的遠攝器，可以攝多遠?」杜仲戰戰兢兢地道:「五公里。」

白老大道:「好!」他一伸手,又按了另一個按鈕,只見那艘摩托艇,在螢光屏上,陡地移近,我們已可以看到,艇上是一男一女兩人。

那男的,和宋堅一樣,女的卻戴着一頂大草帽,認不出她是什麼人來,看她的身材,卻是曲線玲瓏,十分健美,白老大「哼」的一聲,道:「果然走了!」

宋堅道:「那女子是什麼人?」他正在問着,那女子恰好回過頭來,我一看清那女子的面容,不由自主,發出了一下驚呼之聲!

白老大忙回過頭來,道:「怎麼啦,你認識她?」我指着螢光屏,道:「這……這……不可能!」

白老大在我肩頭上用力拍了一下,道:「為什麼不可能,這洋里洋氣的女人是誰?」那和宋堅的兄弟在一起的女人,的確是「洋里洋氣」的,她也有洋氣的理由,因為她從小就在美國長大。

那女子不是別人,正是我的表妹紅紅!

這真是絕對無法令人相信的事情。紅紅竟會和宋堅的弟弟在一起，而且，看他們兩人的情形，顯然是合夥一齊盜走了那些鋼板。

我絕不懷疑紅紅的冒險精神，但是卻也絕難設想紅紅竟能直接地參與這件事，我幾乎要懷疑紅紅也有一個和她十分相似的妹妹，但實際上，這卻又是沒有可能的事情。

宋堅見我並不回答，催道：「衛兄弟，你為什麼不說話，她是誰？」

這時候，因為那小摩托艇的去勢極速，所以遠攝器也已攝取不到，摩托艇已只剩下了一個黑點，在熒光屏上，閃了一閃，便自不見。

我回過頭來，道：「那位小姐，是我的表妹，她是一個在美國學藝術的學生，和我們這類人，根本一點也搭不上關係，我自從她被白奇偉綁去之後，也未曾再見過她！」

白老大道：「我看這其中，一定另有曲折，他們走得如此匆忙，或許我書房中的四塊鋼板，也已被他們取走了！」宋堅忙道：「我去看看！」

白老大道：「剛才，你將書桌上的東西，一起掃得向我碰來，我以一幅窗簾，將之兜住，你只要在這幅窗幔中找一找就可以了！」宋堅答應一聲，身形如飛，立即向外掠去。

他去了沒有多久，便回到了實驗室，面上的神色，十分難看，我和白老大兩人，一見他這等情形，便知道剛才在混亂中。宋堅的弟弟，已經將那四塊鋼板取走！

白老大問道：「不在了？」宋堅點了點頭。白老大雙眉緊蹙，道：「這件事，責任重大，全在你們兩人身上，你們快些離開此處，去設法將二十五塊鋼板，一齊追了回來。如果鋼板無法追回，你們也應該立即設法，偵知得到鋼板的人，去了什麼地方。七幫十八會的這筆財富，斷然不能落在他人手中！」

宋堅和我，都感到事情嚴重，我們雖知鋼板落在什麼人的手中，但是要追了回來，卻是無頭無腦，談何容易之事？

我望了望宋堅一眼，宋堅道：「衛兄弟，沒有信心麼？」我沉聲道：「宋大哥，有你和我在一起，說什麼都要成功！」宋堅道：「好！」

白老大對着一個傳話器，吩咐人準備摩托艇，又吩咐人在他書房中取一個綠色的箱子，不一會，有人將那箱子取到，白老大打開箱蓋，箱中所放的，竟是兩把十分精巧的手槍。

宋堅忙道：「白老大，我們不必用槍。」白老大道：「這並不是普通的手槍，是我自己設計的，槍柄部份，是半導體的無線電通話器，你們一人一柄，在十公里之內，可以清晰地通話，而槍又可以連續射擊七十次，每次射出的是一種藥水，射程十公尺，只要射中對方的面部，對方在三秒鐘之內，便會昏倒，你們帶在身邊，大有用處！」

我聽得那手槍如此神妙，早已一伸手，將之接了過來，宋堅猶豫了一下，也取了一柄，我們藏好了槍，白老大便和我們兩人，握了握手，道：「你們小心，眾兄弟那裏，由我去說明，我們在這裏，靜候佳音。」

宋堅道：「是」白老大又道：「衛兄弟，你行事要聽宋兄弟的命令。」我也極其嚴肅地答應了一聲，道：「是！」

白老大一揮手，道：「你們去吧！」我和宋堅兩人，立即一個轉身，向外奔去，由電梯升上去，不到幾分鐘，我們已到了海邊上，摩托艇已經達達作響，我們兩人，一躍而上，宋堅一掌將纜繩擊斷，水花四濺，摩托艇向前，激射而出！

開始的幾分鐘，我們誰也不說話，過了幾分鐘，宋堅才道：「我那弟弟，叫作宋富，他武術倒十分平常，但是卻有兩樣絕技，一是槍法奇準，另一件，他從小便射神箭，箭小如火柴，也是百發百中，而且，他曾在東非洲的一個土人部落中，得到一種劇毒的毒藥，塗在箭簇上，一被射中會發狂而死，衛兄弟，你要小心！」

我點了點頭，道：「知道了，我表妹和他在一起，宋大哥，你說會有危險麼？」

宋堅歎了一口氣，道：「很難說，他從小就脾氣十分怪誕，幾乎沒有什麼人可以和他在一起的，你表妹居然與他同艇而走，倒是奇事！」

我聽了宋堅的話，心中又多了一層擔憂！

因為。如果紅紅若是遭了什麼不測，這個關係，我確是負責不起。

摩托艇只花了十二分鐘的時間，便已經接近城市。我們看到岸上，有一個人在揮動紅手巾，便知道那是白老大以直通電話，通知了來接我們的人。我們向紅手巾的人疾駛了過去，艇未靠岸，便一齊向岸上躍去，那人迎了上來，道：「車子準備好了，兩位上哪裏去？」

那人的這一問，卻將我們兩個人，全都問住了。

宋富和紅紅兩人，到什麼地方去了。我們根本一點頭緒也沒有！

宋堅望了我一眼，我問道：「你來了多久？」

那人道：「四分鐘。」

我道：「你可有看到一男一女，離開這裏，倉皇遠去？」

那人想了一想，道：「沒有注意到。」

我心中歎了一口氣，道：「宋大哥，先上我家中走一遭，如果紅紅有什麼書信，留在我家中的話，那我們就可以有線索了！」宋堅道：「眼前也只有這個辦法了！」

我們一齊跳上了汽車，由那人駕駛，向市區疾駛而去，到了市區，才不得已將汽車的速度，慢了下來，沒有多久，便已到了我家的門口。我們下了車，那人道：「還有什麼事沒有？」

宋堅揮手道：「你去吧，我們兩人的行蹤，你不能向人洩漏！」

那人道：「是！」立即將車子後退，駛了開去。

我望着那輛車子，道：「宋大哥，剛才，你吩咐他不要洩漏我們兩人的行藏之際，那人的眼珠，轉了一轉，是否會不懷好意？」

宋堅道：「難說，他可能是白奇偉的親信！」

我一面說。一面已經取出了鑰匙，插入孔內之際，聽得室內的電話響了兩下，可是卻也僅僅響了兩下而已。

我心中不禁一凜，因為老蔡的行動，十分遲緩。不會那麼快便去接電話的！

我立即改變了主意，將鑰匙取了出來，道：「宋大哥，我家中像是已有了變故，我們從水管子向上攀去，小心一點為是。」

宋堅道：「有這個必要麼？」我堅持道：「這樣，總可避免不必要的意外。」

宋堅不再出聲，我們兩人，轉過了牆角，好在我住的地方，十分靜僻，雖是白天，行人也不多，我們觀看無人，沿着水管，迅速地來到了陽台上，我一伸手，打破了一塊玻璃，伸手進去，將門打了開來，和宋堅兩人，一齊跨了進去。

才一跨進，我和宋堅兩人，都吃了一驚！

只見我書室中所有的一切，全都被徹頭徹尾地搗毀了，毀壞程度的厲害，就像是有一個連的軍人，曾在這間書室中肉搏拚命一樣，簡直找不到一點完整的東西！

宋堅望了我一眼，道：「衛兄弟，還是你想得周到！」我正要回答，突然聽得身後，「悉」的一聲，我和宋堅兩人，應變如何之快！

我們一聽到聲響，立即轉過身來。

轉過身來之後，我們兩人，卻又立即僵立不動，並不是我們不想動，而是我們不能動！

因為，就在我們面前，站着白奇偉，而白奇偉的手中，又提着一柄手提機關槍，他的手指，正扣在扳機上！

只要他的手指，移動一下，我和宋堅兩個人，便不難變成黃蜂窩了！

白奇偉面帶奸笑，道：「久違了，兩位可好？」

宋堅道：「奇偉，放下槍來！」

白奇偉冷笑一聲，道：「轉過身去！」

我沉聲道：「在這裏，你敢放槍麼？」

白奇偉道：「人急了，什麼事都敢做，但只要你們合作，我也不會過分，轉過身去，舉起手來！」

我和宋堅兩人，無可奈何，只得依言而為，舉起手來，轉過身去。

白奇偉又喝道：「向外走去，咱們到客廳去説話，兩人隔得開些！」宋堅沉聲道：「衛兄弟，好漢不吃眼前虧，咱們聽他的！」我立即大踏步向前走去，宋堅跟在我的後面，出了書室，下了樓梯，只見客廳中，仍是原來的樣子，但是已坐了六七個人。

其中有三個，乃是神鞭三矮，另外幾個，雖曾見過，卻叫不出名字來。可想而知，是為白奇偉所收買的青幫中人物。

那七個人，一見我和宋堅現身，也一齊露出了槍械，指着我們。

我和宋堅，一直到了客廳正中，白奇偉又在我們身後喝道：「站住！」我和宋堅，一齊站定，白奇偉道：「將他們兩人，反手銬了起來！」

立時便有兩人，站起身來，各自取出了一副手銬，宋堅面色自如，道：「朋友，這差使可危險啊！」

那兩人冷冷地道：「你們敢掙扎麼？」

宋堅道：「我們一掙扎，白奇偉當然放槍，你們兩人，也得陪我們一死了！」

那兩人一聽，面上不禁為之變色，不由自主地停了下來。

宋堅哈哈大笑，道：「好沒膽子的東西，來吧，我們不動就是！」那兩人面色一陣紅一陣白，這才敢走了下來，將我們兩人，反手了銬起來。

我心中對宋堅，不禁大是佩服。因為這時候，我們落在白奇偉的手中，佔盡了劣勢，但是宋堅還從容不迫，嬉笑怒罵，將對方弄得面紅耳赤！

我們被銬起之後，宋堅道：「還有事麼？腳要不要銬？」

白奇偉「哼」的一聲，道：「坐下！」

我和宋堅轉過身，坐了下來，宋堅蹺起了腿，喝道：「矮子，點一支煙來，快一點！」

神鞭三矮為他的氣勢所懾，竟一起欠身，為他來點煙，宋堅道：「衛兄弟，你也吸一支！」他一面說，一面向我眨了眨眼，我立即會意，道：「宋大哥的吩咐，自然遵命！」神鞭三矮又為我點了一支，我們兩人含着煙徐徐地吸着，全無俘虜的神態。

白奇偉在我的對面，坐了下來。

指住我們的，不僅有白奇偉手中的手提機槍，而且還另外有六柄手槍，白奇偉道：「宋堅，你想將煙頭向我吐來，另外六柄槍，卻不是空槍！」

我知道宋堅的面上神色，雖然毫無變化，但是他心中卻一定吃了一驚。

因為，他要吸煙，當然是為了出其不意之間，可以將煙蒂向前吐出，令得對方一個錯愕，便可以有所作為，但如今卻已被白奇偉叫破！

宋堅含着煙，語氣十分模糊，道：「你說得不錯！」

白奇偉冷笑了兩聲，道：「姓宋的，我已經知道，原來取走鋼板的是你！我費盡心機，才將鋼板吸在電磁鐵上，你卻揀了便宜，這賬如何算法？」

宋堅道：「你弄錯了，取走鋼板的，另有其人，並不是我！」

白奇偉向身旁的一人一指，道：「他奉我之命，前去取鋼板，你已先到一步，他還捱了你一腳，這難道會是假的麼？」

宋堅道：「取走鋼板的，是我的兄弟，他生得和我一模一樣，這位朋友一定是誤認了！」

白奇偉冷笑一聲，道：「兄弟，一模一樣，姓宋的，你可以去寫小說了。鋼板在什麼地方？快交出來，我念在若不是你取了鋼板，我要將之帶出，亦非易事分上，也不會太虧待你們的！」

宋堅道：「奇偉，我所說的，全是實話，你爹為你的事，傷心至極，你不要一誤再誤，快將我們一齊放開，同去追尋那二十五塊鋼板的下落，方是正務！」

白奇偉奸笑幾聲，道：「說得倒好聽，你要是不交出來，大爺先叫你們兩人，吃些苦頭！」

我和宋堅兩人，一聽得白奇偉如此說法，心中不禁盡皆一怔。他說的「苦頭」，當然是我們，受一點酷刑了！

這時候，宋堅忽然說了一句話，那句話，聽來更是模糊不清，白奇偉喝道：「你說什麼？」

宋堅道：「我說……」他那句話，除了「我說」兩個字外，仍是一個字也聽不清楚，我一聽得宋堅一連兩次這樣，心中猛地一動，已知宋堅準備有所動作。

我心中不禁極其焦急，因為，在這樣的情形之下，我們一有動作，能夠逃脫的機會，實是小到了極點！

白奇偉濃眉一皺，道：「你究竟說什麼？」

宋堅一張口，道：「我是說……」

他才講到此處，陡地「噗」的一聲，將已吸了一大半的香煙，向白奇偉吐了出去！

白奇偉的注意力，被宋堅剛才那兩句模糊不清的話所轉移，而且，在如今這樣的情形下，他也想不到宋堅，竟然會不顧一切地發動！

等到宋堅將煙蒂向他面上疾吐而出，他連忙一側頭時，宋堅卻已疾撲而起！我直到此際，才知道宋堅的「飛身追影」功夫，實已出神入化，拋出的物事，即使微如煙蒂，一樣可以和身飛起！

這一切，全是在電光石火之間，所發生的事，宋堅一撲向前去，我也立即採取行動，霍地站起。腿起處，已經將一張沙發，踢了出去。

只聽得「砰砰砰砰」，一陣槍響，分明是白奇偉的手提機槍，已經開火。我心中陡地一涼，在那樣的情形下，我實是難以去看一看宋堅是否已被射死，立即向身側的一人撲去，又是「砰」的一聲，子彈在我身旁，呼嘯而過，我卻向那人疾撞了過去，將那人撞出七、八尺！

正在此時，只聽得白奇偉叫道：「住手！住手！」

我立即定睛看去。只見神鞭三矮，和另外四人，全皆目瞪口呆，看白奇偉和宋堅時，只見白奇偉跌倒在地，手提機槍，已落在地上，宋堅一足踏住了他的胸口，另一足，踏住了他的右腕，白奇偉躺在地上，連動都不能動一下！而天花板上，則簌簌地落下一陣灰來，我抬頭一看，只見天花板上，一排子彈孔，顯見子彈，都射在天花板上！宋堅向我笑了一下，道：「衛兄弟，對不起得很，幸而他們，還能盡忠主人！」

我立即明白了宋堅的意思，那是當他向白奇偉撲出之際，神鞭三矮等人，都關心白奇偉的安危，不期而然，將槍對準了宋堅。而只有一人，因為我向他撲去，才轉身發槍，所以未曾瞄準！

想起了剛才的情形，我也不禁出了一身冷汗！

事後，我才知道，原來宋堅疾如流星，一撲到白奇偉的面前，立即身形一矮，向他的手腕撞去，將他手中的手提機槍，撞得向上揚起，所以，白奇偉雖然立即開槍，子彈卻射到了天花板上。

而他一撞之後，身形緊接着一長，又一頭撞在白奇偉的胸上。

宋堅乃是苦練這「油錘貫頂」功夫的人，那一撞，又是生死之所繫，用的力道，自然不輕，白奇偉如何受得住，立即仰天跌倒。

宋堅立即一腳踏向白奇偉的右腕，白奇偉吃痛，五指一鬆，手提機槍，跌了開去，宋堅才再一伸腳，又踏住了白奇偉的胸口！

這一切，我如今寫來容易，須知當時，宋堅乃是雙手被反銬在背後，毫釐之差，便是殺身大禍，非大勇之人，實難出此！

當下宋堅笑了一下，道：「快將我們的手銬開了！」

白奇偉如同應聲蟲一樣，道：「快將他們的手銬開了！」神鞭三矮等人，自然知道，宋堅如果腳上一運勁，白奇偉性命難保，因此立即有人上來，先將我的手銬解開，我立即將他們的手槍，一一收起，又將手提機槍，拾了起來。宋堅才搓着雙手，退了開來，白奇偉滿面通紅，站了起來，宋堅道：「奇偉，薑是老的辣！」

白奇偉道：「若不是我心軟，你們早已死了！」

宋堅「哼」的一聲，道：「你不是心軟，你是心貪，如今你還有什麼話說？」白奇偉直挺挺地站着，一聲不出，宋堅道：「你手下人多，我想向你打聽一件事情！」

白奇偉尚未回答，只聽得「嗚嗚」的警車之聲，傳了過來。不用說，那一定是剛才的槍聲，驚動了鄰居，有人報了警，警車已經趕到。

宋堅忙道：「咱們快由後門走！」我連忙將槍械，一齊拋在地上，迅速地和眾人一齊到了後面，又立即掠出了橫巷，來到了馬路上，宋堅緊緊地靠着白奇偉，其餘人，則立即散開，若無其事地向前走去。

我們剛一走出，便聽得破門而入之聲，我心中暗叫一聲好險，因為若是給警方當場捉住的話，實是難以脱身。我們走出了幾條馬路，宋堅向我使了一個眼色，我跟了前去，宋堅道：「奇偉，你手下人多，眼線廣佈，可有發現一個和我一樣的人及一個女子的行蹤？」

我補充道：「那女子就是曾被你綁票的紅紅！」

白奇偉道：「我接到報告，你是和一個女子，一齊上岸的，但是，那司機卻又説，老大的直通電話，要他去接你們，我怕第一個報告不確，未曾相信。」

宋堅忙道：「那麼，如今難道沒有辦法，知道他們的下落了麼？」

白奇偉道：「自然沒有了。薑是老的辣。你又何必來問我？」

宋堅「哼」的一聲，道：「奇偉，你再多口，我將你押回給你爹！」

白奇偉的面色，本來極其強頑，可是他一聽得這句話，卻不禁面上變色，不敢出聲。

我道：「宋大哥，你的話說完了，我也有幾句話，要向白兄請教。」

白奇偉昂頭向天，並不說話，我道：「中秋之夜，在清靜山頂，你設計害我之際，竟以白粉放在我的身上，白奇偉，警方百計不獲的白粉大拆家可是你？」

白奇偉面露憤然之色，道：「放屁，你也將我看得太低了！」

我鑑貌辨色，也知道可能當真不是他，便道：「那麼，你的白粉從何而來？」白奇偉道：「是一個手下獻計，我怎麼知道？」

我緊釘着道：「那麼，你這個手下，一定和白粉拆家有聯絡。宋大哥，你說一句話！」

宋堅想了一想，道：「好，奇偉，你若是能帶着你的手下，將警方久尋不獲的毒販頭子捉到，那我便替你在你爹面前求情！」

白奇偉道：「這件事卻需慢一慢處理！」

宋堅「哈哈」一笑，道：「好！如今，二十五片鋼板，既不在我手中，也不在你手中，咱們騎驢看唱本——走着瞧，看究竟落在什麼人的手中！」

白奇偉道：「走着瞧便走着瞧！」

宋堅向前跨出了幾步，剛好一輛巴士到站，他一拉我的手，便上了巴士。從巴士上望下去，白奇偉還狠狠地瞪着我們！

我和宋堅兩人，在巴士上並沒有說什麼，一直到總站，我們才下了車，在一家餐室中坐定。宋堅低聲道：「衛兄弟，他們得齊了二十五塊鋼板，自然可以知道埋藏那筆財富的所在，一定會離開此處，我們先要查明，他們的去向才行，你可有辦法？」

我想起黃彼德來，道：「行！」立即離座而起，撥了他的號碼，說了姓名，對方正是黃彼德，聲音異常吃驚，劈頭道：「你還敢打電話來？」

我倒吃了一驚，道：「為什麼不能打電話來？」黃彼德道：「你闖了大禍了！在你家中，竟有手提機槍，而且還曾發射，警方剛找我問過話，問我可知你的行蹤，你平時所到的地方，都有警方人員，你還不快設法？」我心中暗暗吃驚，道：「這件事且別說他，我有一件事要你幫忙。」黃彼德道：「快說！」

我道：「煩你查一查，可有一男一女，購買機票船票離開香港？男的叫宋富；女的叫 Red Red Wong，用的是美國護照。我每隔六小時，和你通話一次。」黃彼德歎了一口氣，道：「好，好，你快收線，警方如果截線的話，可能找到你了！」

我連忙放下了話筒，回到了卡位，道：「宋大哥，警方正在拚命找尋我，我要脫身，只怕不是易事，如果我被捕去，你只好一個人行事了！」

宋堅道：「不行，我們快到你那位外交官朋友那裏去！」

宋堅一言，提醒了我，我們立即出了那間餐室，截了一輛的士，直驅G領事的辦公處，進了門，我才鬆了一口氣，G領事很快地和我見了面，我將目前的處境，約略和他一說，他立即答應了下來，而且領我見秦正器，秦正器所住的房間，華麗之極，看來是用來招待國家要人的，秦正器卻還大表不滿，說什麼牀太軟，人又不懂話，我將我冒充他的經過，詳細說了一遍，又睡了幾個小時，才打電話給黃彼德。

黃彼德的答覆，是否定的。

我們沒有法子可想，只得又睡了下來。G領事來看了我們好幾次，還提起我和他結識的那件事來，這位先生，的確夠朋友之極！

第二天一早，我翻閱報紙，警方可能不欲打草驚蛇，所以這件事，並沒有渲染，只是說某高尚住宅區，發現藏械云云，語焉不詳。

我又打電話給黃彼德，黃彼德這次的答覆，卻是肯定的了。他說，有那麼兩個人，但男的名字卻是坂田高太郎，用的是日本護照，並不是叫作宋富。

宋富既然早就離家，他改了日本名字，自然也不是什麼奇怪的事。他們兩人的目的地，乃是馬尼拉，坐的是今天中午，十一時四十七分起飛的班機。

我將這情形，和宋堅一商量，請G領事先通過外交途徑，訂下了兩張機票。G領事又為我們設法，使我們能夠到時登上飛機。

現在的問題就在於，上了飛機之後，如何對付宋富？以及怎樣才能在由G領事到飛機場這一段路間，不被警方發覺，生出枝節？

討論的結果，是我先走，宋堅後走，一齊在機場上會面。九點正，我出了G領事收留我們的所在，門外像是並沒有人在監視着我。

我坐着G領事的車子，一直向機場而去，到機場，是九時四十七分，我在餐廳中坐了下來。怎知道，我才一坐下，立即便有兩個人，坐在我的對面！

我吃了一驚，連忙站了起來，卻又聽得身後，傳來程警官的聲音，道：「衛先生，不必客氣，請坐！」我只得頹然地坐了下來。

程警官穿的是便衣，他也立即在我身邊坐下，面色一沉，道：「你愈來愈不成話了！」我只得笑道：「程警官，警方的效率，居然如此驚人！」

程警官道：「你的行蹤，我們早就知道了，只不過慢了一步，才被你過了一夜，你向黃彼德詢問坂田高太郎和紅紅．王的行蹤作什麼？」

我道：「原來是黃彼德告的密！」程警官道：「別冤枉他。」我不服氣道：「那你們又怎樣知道我的行蹤的？」

程警官道：「不妨和你直說，警方一直在注意你的行動，你失蹤了三天，警方早已在平時有聯絡的地方，佈置下了一切，你和黃彼德的通話，我們全都記錄下來了。衛斯理，你家中的事，已經可以構成非常嚴重的罪了！」我卻若無其事地伸了一個懶腰，道：「是麼？」程警官面有怒容，道：「你還不認麼？」

我放低了聲音，道：「我想和你私人講幾句話。」

程警官向我望了半晌，轉過頭去，向另外兩個便衣人員，揮了揮手。那兩個人便站了起來，遠遠地走了開去，但仍然監視着我。

我苦笑了一下，道：「我出死入生，全是為了警方，你們還不諒解，真使我灰心。」

程警官道：「你是在追尋毒販？」

其實，我這幾天來的奔走和歷險，可以說和尋找毒販，一點關係也搭不上。但是此際我卻知道，除了利用這一點之外，實在沒有第二個辦法可想！因此，我便點了點頭。

程警官也將聲音壓得很低，道：「那麼，坂田高太郎、王紅紅，就是你追尋的目標？」我含糊其詞，道：「還要進一步的證據，我如今就是為了搜集進一步的證據而忙碌。」

程警官望了我幾眼，冷笑道：「我們自然知道，事情不會那麼簡單，毒販是絕不會用到在你家中搜出來的那種武器的。」

我立即反駁道：「那也未必，死神唐天翔，當日又是如何大規模地在進行販毒？」

程警官想了片刻，不再言語，道：「衛先生，希望你好自為之。」我道：「你放心，」這時候，我心中，已經鬆了一口氣。

如今他這樣說法。那當然是相信了我的話，任我到菲律賓去的了。果然，他一講完話，便站了起來，向外面走了開去。我則仍坐在餐廳中等着。

我一面不斷地吸着煙，一面凝思着眼前的情形。

以白奇偉的機敏，和他手下眼線之廣，他自然也可以獲知宋富（坂田高太郎）的去向，白奇偉會跟蹤他到菲律賓去，乃是毫無疑問之事。

我和宋堅的行動，已經決定，當然也不會更改。

而且，我相信，警方在知道了我的行蹤之後，深信事情和大販毒案有關，當然也不肯輕易放過，一定會派出幹探，隨機前往。

也就是說，連我和宋堅在內，共有四方面的人馬，互相在鈎心鬥角，究竟是哪一方面會獲勝，我實是毫無把握！時間飛快地溜過去，我看到一個挾着公事包的中年人，走進餐廳來。

那中年人，帶着一副寬邊黑眼鏡，我連忙站起身來，向廁所走去，到了廁所中，取出白老大給我的那柄手槍，只見槍上一個小紅燈。正在一閃一閃，我按了一下鈕，便傳出了宋堅的聲音，道：「怎麼樣了？」

我將剛才的經過，和他約略說了一遍，問道：「我化裝的東西，你帶來了沒有？」

剛才，挾着公事包進來，像是大商家模樣的人，就是宋堅，他在餐廳中，利用無線電通話器和我通話，道：「帶來了，必須裝作不識？」

我道：「不錯。如今警方並不知我和你在一起，白奇偉雖然知道，但我只要在化裝上，故意露出破綻，為他識破，他便會注意我的行動，而我完全不和你搭訕，他便失去了目標了。」

宋堅道：「不錯，我將化裝用品，放在你剛才坐過的桌子上，你自己取去應用就是了。」我又叮囑了一句，道：「宋大哥，等一會，在飛機上，你如果有什麼話要說，也可以採取如今這個辦法。」

宋堅答應了一聲，我關好了通話器，走出了廁所，來到剛才我坐過的餐桌上，發現有一個紙包，而宋堅則坐在一張桌上，正在據案大嚼。

我也叫了食品，一面暗暗地打量着進出的人。我發現有一個大胖子在注意我，而且，還和一個漢子，不斷地在打手式。

那兩個，可能是警方的便衣人員，他們如今已經注意到了我，我等一會，就算經過化裝，也一定逃不脫他們的追蹤，但是這樣更好，因為我變成了暴露的、突出的目標，相形之下，宋堅便成了隱秘的棋子，在必要之時，可以派很大的用處了，

我留心了好一會，發覺警方只派了這兩個人來，那個大胖子的一切動作都十分熟練，可見他雖然有一個肥胖的身軀，但是卻有着十分幹練的頭腦。

如今，我和警方的關係，十分微妙。我又不想警方知道事情的本質，但是卻又希望在必要的時候，能得到警方的協助。

離開起飛的時間，愈來愈是接近，我和宋堅，先後到了候機室中，搭乘這班飛機的搭客，這時候，應該都來齊了，但是，我卻未曾發現宋富和紅紅。在由餐廳到候機室的途中，我迅速地化了裝，在我的雙頰上，放了兩片深肉色的

軟膠，同時，在眼皮上，貼上了兩道又濃又短的假眉，那種假眉，是運用和皮膚一樣顏色的膠布，一齊貼上去的。

雖然只不過一分鐘，但是我卻已變成了皮肉瘦削，顴骨高聳，短眉兇顏的人了。這是最新的化裝術，和以前靠在面上塗油彩的化裝術相比較，效果之進步，當真是不可同日而語。

我相信就算紅紅在我的面前，也一定認不出我來，所以我放心地踱來踱去，幾乎向每一個女人，都無理地望上一眼。

當然，我知道紅紅和宋富，也一樣可以經過巧妙的化裝，使我認不出來的，我仔細觀察的結果，認為紅紅和宋富兩人，還沒有來。

但是這時候，離開航行的時間，已經只有十分鐘了，閘口面前的空中小姐，已經在作檢票的準備，我遠遠地向宋堅，使了一個眼色，作了一個打電話的手勢，宋堅點了點頭，走了開去。

不到兩分鐘，擴音器傳出嬌滴滴的聲音：「坂田高太郎先生，有你的緊急長途電話，請你去聽。」一連叫了兩遍，我看到兩個便衣探員的神色，也顯得相當緊張，我自己當然也是十分緊張，但是候機室中，卻並沒有人，走出去聽電話。

我知道宋富一定在這候機室中，但是他卻機警地連電話都不聽。我吩咐宋堅去打的這個電話，算是白打了，我心中不禁十分着急，因為如果在上機之前，未能看出宋富和紅紅兩人的話，到了飛機上，如是臨時發生什麼變故，應付起來，只怕措手不及！

我迅速地想了一想，來到了閘口之前，找到了一位空中小姐，用假裝蹩腳的英語和她說：「剛才，我聽得有人叫坂田高太郎聽電話？」

那空中小姐道：「是啊，你就是坂田高太郎？」

我忙道：「噢，我不是，坂田高太郎和我是老朋友了，我們分散已有二十多年，我不知道他會在這裏，他的樣子，我也認不出了。你可以告訴我，他的機位號碼，讓我們老友重聚嗎？」

那位美麗的空中小姐，並不懷疑，反倒給了我一個極其甜蜜的微笑，打開了她手中的夾子，查看了一下，道：「他的機位號碼，是三十四號。你可要我通知他？」我忙道：「不，不必了，我想給他一個意外的驚喜！」

這時候，擴音機已經請搭客入閘，我將機票給了空中小姐，便提着皮篋，向客機走去。

在我走出閘位的時候，聽得一陣騷動。看到有許多人在揮手，而被歡送的目標，則是一位非常美麗的小姐。

我認得那位美麗的小姐是一位電影明星，有着「第一美人」之稱的，歡送她的，大約是她的影迷了。

我上了飛機，找到了自己的座位，坐了下來。在訂購機票時，我已經向航空公司說明，要後面的位置，因為在後面，可以注意前面的動向，如果在前面，則自己便成了被別人注意的目標了。

我坐定之後不久，宋堅也上了飛機，也假裝看着窗外，一手抓住了那柄「手槍」，以一頂帽子作遮掩，打開了通話器，宋堅的「手槍」上，便會響起輕微的聲音，我看着他匆匆地坐下，打開了報紙，便低聲道：「坂田高太郎，是三十四號座位。」

宋堅道：「知道了——」我剛收起「手槍」來，宋堅的聲音，卻又傳了過來，道：「衛兄弟，你在開玩笑麼？」我忙道：「不會的。」宋堅道：「你自己看看。」我將帽子放在膝上，雙目瀏覽，找到了三十四號的座位，可是我一看之下，不禁呆了。坐在座位上的，當然不是宋富，竟正是那位有着「第一美人」之稱的電影明星。

我不禁呆了半晌，說不出話來。

照理說，空中小姐的話，是不應該會錯的，但宋富可能化裝為任何人，卻也不能化裝為一個有名有姓，照片幾乎每日出現在報章雜誌上的電影明星！

我想，那大約是空中小姐弄錯了，連忙向她的旁邊看，可是她旁邊，乃是一位令人作嘔的菲律賓歌星之類的人物，正在擠眉弄眼，向這位電影明星，大獻殷勤。那菲律賓人，乳臭未乾，當然不會是宋富，也不可能是紅紅！我只得低聲道：「事情有點不對，弄清楚了，再和你通話吧。」宋堅道：「我看他們沒有上機！」

我道：「不會的，他們如果乘另外的班機，警方一定知道，何以警方人員，還在機上？」宋堅的位置，離我有七、八步遠，他喝了一聲，便一本正經地看起報紙來，我則仔細地向每一個人看去。

這時候，除了一個座位以外，都坐了人，連我在內，一共是五十五人。

我深信宋富和紅紅兩個人，一定在這架飛機之內，我已經打定了主意，等飛機起飛之後，再用辦法，來查問「坂田高太郎」的座位。

沒有多久，空中小姐便要每一個人，都紮好了皮帶，飛機已在跑道上向前衝出去了。我將自己的皮夾，取了出來，將皮夾內的東西，全都取了出來，用小刀在皮夾之上，括出了「坂田高太郎」的日文的名字，等到有空中小姐，走過我身邊的時候，我便將她叫住，將皮夾交了給她，道：「小姐，這是我上機後撿到的，我相信是機上搭客的東西，請你交還給他。」

空中小姐接過了皮夾子，走了開去。

當我在皮夾子上做手腳的時候，我旁邊的一個禿頂老者，正將頭側在一邊，發出輕微的鼾聲，我用報紙遮住雙手的動作，自然不會被他發現。

我知道，當空中小姐在乘客的名單上，發現「坂田高太郎」的名字，跟皮夾子上的名字，相吻合之後，她一定會將皮夾，送到宋富那裏去的。

我心中暗慶得計，悠閒地點了一支煙，徐徐地噴出煙霧，飛機已經在空中，平穩地飛行着了，向下望去，碧海青波，令人胸襟為之一爽。

沒有多久，我便見那位空中小姐，走了回來，她一直向我走來，竟然在我的面前，站了下來，我想問她作什麼，她已經對我笑了一笑，卻向我旁邊的禿頂老者叫道：「坂田先生，坂田先生。」

那老頭子睡眼惺忪，「唔」地答應了一聲。

這時候，我心中的吃驚程度，實有難以形容之慨，因為我絕對未曾想到，坂田高太郎，也就是宋富，竟就在我的身邊！

我連忙將身微側，向他望去。雖然我明知他就是坂田高太郎，也就是宋富了，但是，我卻仍然難以相信自己的眼睛，因為在我身旁的人，禿頂，瘦削，一套十分不稱身的西裝和一副玳瑁邊的眼鏡，那是一個日本學者的典型，卻絕對不像宋富。

空中小姐將皮夾子送到他的面前，他搖了搖頭，道：「那不是我的東西，小姐，請你不要來麻煩我。」他不客氣的態度，令得空中小姐十分發窘，空中小姐向我一指，道：「坂田先生，那是這位先生揀到的！」

坂田的語氣，更其不耐煩，道：「小姐，我已經説過了，這不是我的東西！」空中小姐攤了攤手，向我作了一個無可奈何的表情，坂田把頭一側，又自顧自地去打瞌睡了。他的座位，在我的旁邊，乃是五十四號，閘口的那位空中小姐，當然是一時看錯了，但如今機上的空中小姐，卻是絕不會弄錯的。

雖然我身旁的坂田，沒有一點像宋富，但這並不是足以令人奇怪的事情，一張製作精巧的尼龍纖維的面網，便足以將整個人的狀貌，完全改變。

我開始偷偷地注意身邊，我發覺他的面容瘦削，但身形卻相當魁梧，顯得不怎麼相配，我肯定他是宋富，在飛機飛行半小時之後，我上了一次廁所，將這件事告訴宋堅。宋堅告訴我説，那一個二十六號的空位，可能是紅紅的，她臨時大約發生了什麼緣故，以致未能上機。

我回到了座位，坂田仍然在瞌睡。宋堅見紅紅沒有上機，那僅僅是「可能」而已，我卻不十分相信，於是，我又仔細地打量，每一位女搭客，正當我目光，停在坂田前面那一個四十歲左右的日本女人身上之際，那日本女人，卻突然轉過頭來！

我心中一凜，和她打了一個照面。

在那一瞬間，我幾乎已可以肯定，那是紅紅，雖然她的面容，完全不是紅紅的，但是她的眼神，卻令我想起了紅紅，我假裝不識她，她也顯然沒有認出我來，我心中正在得意，可是，接着下來所發生的事情，卻又令得我心內，迷惑不已。

只聽得那中年日本婦人，以日語問坂田道：「坂田教授，坂田教授。」坂田靜靜醒來，道：「不要打擾我。」那中年婦人道：「坂田教授，你在大會上的演講稿，是不是在你身上？」

坂田在身上找了一會，拿出了一束紙來，上面密密麻麻地寫滿了日文，我偷眼望去，只見題目乃是「種子植物的繁殖研究」，另外還有一個副題，卻是植物學上的專門名詞，是什麼「細胞分裂形態」等，我既看不清楚，也不十分明白。

那中年婦女將那一疊稿紙，接了過去，道：「對不起，我想快一點將它翻譯成英文。我們一到馬尼拉，便立即要用上它了。」

坂田點了點頭，他不要睡了，打開了一本雜誌，看得津津有味，那是一本世界性的生物學家組織所出版的書刊，普通人不但根本看不懂，而且絕對不會對之有任何興趣的，我甚至在坂田的身上，聞到了「福爾馬林」的氣味，那是生物學家製造標本太多的結果。

事情發展到了這種程度，我對於黃彼德調查結果的信心，大是動搖。我心中不禁暗暗發火，如果黃彼德在這樣容易的一件事上，出了錯誤的話，那一定會誤了我們的大事，也實在太冤枉了！

我正想和宋堅通話，只聽得我袋中的「手槍」，發出了輕微的聲音，我連忙取了出來，裹在一條手帕中，放在耳邊，只聽得宋堅道：「你看到了沒有？前面那三個菲律賓童子軍，是神鞭三矮，那個神父，是白奇偉，可能還不止他們四個人！」

我點了點頭，雖然我不能相信，在我身邊的那人，就是宋富，但是我不得不小心從事，我只得再離開座位，低聲道：「我旁邊的那人，好像不是令弟！」

宋堅道：「我看是。」我將剛才的情形，和他說了一遍，宋堅道：「監視下去再說，你不妨試探他一下。」我答應了一聲，收起了「手槍」，回到了座位上，假裝十分有興味地，側着頭去，看着他手中的那本雜誌。

第十三部

兩面人

坂田抬起頭來，瞪了我一眼，我這時，已經看清，那本雜誌之上，有一篇文章，署名正是「坂田高太郎」！

我感到十分尷尬，只得道：「原來閣下就是着名的生物學家坂田高太郎？」「高帽子」送出去，總不會有錯的，坂田露出了笑容，道：「你是？」

我忙道：「我對搜集昆蟲標本有興趣！」

他從鼻子眼裏，「哼」的一聲，大有不屑之色道：「那不是生物學。」

我忙道：「當然，但是我有兩隻西藏鳳蝶的標本，和一個馬達加士加島上的琥珀四目蛾的標本，如果有機會的話，很想請你這樣有名望的專家，去檢定一下。」

我一面說，一面注意着他的神態，只見他眼中射出了光來，用日語喃喃地說了幾句，那意思是「太好了」、「簡直不可能」等充滿了驚訝的話，因為我所說的那兩種昆蟲。全是極其稀少珍貴的東西。從他的反應中，我也看出他完全是一個真正的生物學家，如果不是的話，兩種昆蟲的名字，絕不能引起他如此濃烈的興趣。

坂田接着，和我滔滔不絕地談着生物學，不時又和他前面的婦人，交談幾句，那婦人，看情形是他的秘書。他告訴我，到馬尼拉去，是去參加一個東南亞生物學家的年會。參加這個年會的，全是各地極負盛名的生物學家。像這樣的身分，能夠假冒，那簡直是不可思議的事情，我決定放棄了和他的談話，肯定他不是宋富。

我的推斷，是宋富和紅紅兩人，根本不在這班班機上，但是我心中，卻又不免奇怪，就算黃彼德的調查有錯誤，警方難道不會覆核麼？而且，白奇偉也不是粗枝大葉的人，他難道也會弄錯？

可見得至少宋富，是在這飛機上。

黃彼德說得十分明白，宋富是用了日本護照，以坂田高太郎的名字出現的，坂田高太郎就在我的身旁，但卻不是什麼宋富！

事情離奇到了令人難以解釋，我拚命地抽着香煙，坂田還在絮絮不休，我也沒有心思去聽他，只是苦苦地思索着，可是直到飛機降落在馬尼拉機場上，我仍舊是不得要領。

飛機降落之後，我和宋堅先後離開了飛機，在海關的檢查室中，我發現白奇偉和神鞭三矮，警方的兩個便衣，卻將注意力集中在我的身上。

我不禁苦笑不已，心中暗忖，你們將注意力集中在我的身上，我又將注意力集中在什麼人的身上？老實說，我在飛機上，已經失去了追蹤的目標！

我心中轉念，到了市區，只有找幾個朋友幫一下忙，看看事情是不是有什麼頭緒。要不然，便只好走另一步棋了。

那另一步棋便是，當宋富得了那筆財富之後，我總有機會，再和紅紅見面的，到那時候，再從紅紅的口中，套出宋富的下落來，以作亡羊補牢之舉。

我正在呆呆地想着，坂田高太郎就在我的面前。我的身後，是一個胖婦人，那胖婦人忽然站立不穩，向前跌來，我猝不及防，身子也向前一跌，立即伸手，搭向坂田的肩頭，想將身子穩住。

也就在那一剎間，只見坂田的右手，倏地揚起，動作其快無比，突然向我伸出去，向碰到他肩頭的右手手腕扣來，我尚未及縮手，已被他扣住。

但是他在一扣之後，卻立即又縮了回去。我背後的那個胖婦人向我說對不起，我心頭狂跳，連聲說不要緊。

在那一個打岔中，我便避免和坂田的正面相對，而當我再轉過身去時，坂田已經若無其事地背對着我而立，好像剛才的事，完全未曾發生過一樣！

剛才，坂田向我手腕扣來的一下，分明是中國武術，七十二路小擒拿法中的一式「反扣法」。固然，不能說沒有日本人會使這一門武功，但是一個着名的生物學家，居然會有這種本事，這事情毋乃似乎出奇了些？本來，我已放棄了再跟蹤坂田的意圖。可是，就是因為這一件事，卻啟了我的疑竇，我決定繼續跟蹤他！

出了機場，坂田和他的女秘書一齊登上了有着當地大學名稱的一輛汽車，我沒有跟在他的後面，只是在一家豪華的酒店中住了下來。宋堅當然也在這家酒店下榻；可笑的是，警方的便衣人員和白奇偉，居然也一步不放鬆，和我住在同一酒店之中！我在酒店中，拋開一切煩惱，先痛痛快快地洗了一個澡。我洗完了澡，躺在牀上，和宋堅用無線電通話，白老大的那一副通話器，十分精巧，靈敏度也極高，我們在不同的層樓中，但通話之際，卻毫無困擾。

我向宋堅說明了我的疑心，宋堅也主張嚴密注意坂田的行動，我向他建議，他應該深居簡出，因為我已經成為極易暴露的目標。必要的時候，我可以將我探聽到、掌握到的一切資料都告訴他，而由他去繼續行事，我則將警方和白奇偉吸引住。

宋堅十分佩服我的計劃，我休息了一個小時，才和我認識的一家報社中當採訪主任的朋友，通了一個電話，問起坂田的住所，他一查就查到了。我又知道，這個會是在大學中召開的，可以允許旁聽，我問明了開會的時間地點，便舒舒暢暢地睡了一覺。

我對坂田，雖然起了疑惑，但是我仍然不能肯定他是不是宋富，我如今只是沒有辦法中的辦法而已。但是有一點關於坂田的資料，卻值得令我深思。

那位朋友在電話中告訴我，坂田的確是極有名的生物學家，他有「旅行學者」之稱，因為他幾乎一年到頭，都周遊列國。作為一個生物學家，那並不是什麼值得奇怪的事情。

令我注意的是，他曾在美國的一家大學教過書，那家大學，卻正是紅紅就讀的這間，而且他最常到的地方，乃是泰國。他並沒有家室，關於他的世系，連日本警界，都不十分清楚。

總之，有關坂田教授的資料，如果仔細看去，給人極其朦朧神秘的感覺。

我直到那個學者會議開會的時間，才離開酒店，各色各樣的跟蹤者，竟達五個之多，菲律賓警方，也有便衣人員派出；白奇偉仍然化裝為神父，看來年紀甚大，神鞭三矮未嘗出動，和他在一起的，是一個未曾見過面的中年人，到了會場，冗長的、煩悶的報告，一個接着一個，坂田的報告，長達四小時又二十分。

看會場中的情形，坂田的報告，像是十分精采，但是我卻竭力克制着自己，才未曾令得自己打瞌睡。

一連四天，坂田除了出席會議之外，便是在酒店之中。他下榻的那酒店，離我住的酒店並不十分遠，我已設法，買通了酒店中的一個侍者，依時將坂田的動向，向我報告。

在這四天之中，事情成為膠着狀態，簡直毫無新的發展，根據報上的消息，會議將在明天結束了。

我一再地回想着那天在海關檢查室前的情形，我甚至願意承認自己的眼花，但是我當時所見的，卻又的的確確是事實。

但是，如今的坂田，卻不是坂田，而是他人，因為與會的學者，有許多和他，都不是第一次見面了。當晚，我將自己，關在房中，踱來踱去，門外有人敲門，我道：「進來！」

進來的是那個胖子，我一見他，就笑道：「你終於來找我了！」那胖子不好意思地笑了笑，道：「你沒有瞞過我，我也瞞不過你，這幾天來，你究竟在賣些什麼膏藥？」

連日來，我曾經留意過會議旁聽席上，那胖子憤怒的表情，我知道什麼「單細胞」、「雙細胞」，令得他實在受不了！我笑了一笑，正要回答，電話突然響了起來，卻是被我收買了打聽坂田動靜的那侍者的聲音。

我心中一動，道：「什麼事？」幸而那邊的聲音很低，我可以不怕被那胖子聽到，道：「坂田教授明天離開馬尼拉。」我連忙「噢」的一聲，道：「他到什麼地方去？」那個為我收買的酒店侍者道：「是到泰肖爾島去。」

我聽了不禁一怔，道：「那是什麼地方？」對方的聲音，也顯得無可奈何，道：「我也不知，你是知道的，我們的國家，由三千多個島嶼組成，我雖是菲律賓人，也無法知道每一個島嶼的名稱。」

我喝的一聲，道：「好，什麼時候？」

那面的聲音道：「明天再和你聯絡。」我忙道：「好！好！」對方收了線，我轉過身來說，「一個老朋友想請我吃飯。」

那胖子苦笑了一下，道：「衛先生，如果你有什麼發現，請和我們聯絡。」我點了點頭，那胖子大概也覺得自己再耽下去，也沒有什麼多大的意思，所以便走了出去。他一走了出去，我立即翻閱電話簿，和馬尼拉最大的一家書店聯絡，問明他們，最詳細的菲律賓全圖的情形。據他們說，最詳細的菲律賓地圖，能夠標出島嶼名字的，也只不過二千七百多個，那已經是屬於資料性的了，售價非常高昂。

我問明了價格，令酒店的侍者，代我去這家書店，將這本地圖買來。侍者去了半個小時方始回來，我已經和報館的那位朋友，通過了電話，他在報館的資料室中查過，並不知道「泰肖爾島」在什麼地方，他並且告訴我，菲律賓的許多小島嶼，根本就是海中的一塊大巖石，也無所謂名稱，有的就算有名稱，也是絕不統一。

等侍者買回來了地圖之後，我先查「T」字，再查「D」字，都沒有「泰肖爾」島的名稱，甚至連聲音接近一點的也沒有！

我心中不禁十分着急，坂田高太郎要到這樣的一個小島去，當然是有目的的。他盡可以說，是要去收集生物的標本。然而，何以這個島竟連最詳細的地圖，都找不到呢？我想了片刻，決定採取最直接的辦法，打電話給坂田高太郎！

電話接通之後，我立即道：「坂田教授，我是XX報的記者，會議結束之後，教授的行止如何，我們報紙，很想知道。」

坂田高太郎也操着英語，道：「我想在貴國的沿海小島中，搜集一些生物標本！」

我立即道：「教授的目的地，是哪一個島，可能告訴我們麼？」

坂田高太郎正在支吾未答之際，我忽然聽得電話筒中，傳來了一個中國女子的聲音，道：「快走啦，還打什麼電話？」

那中國女子，顯然是在坂田不遠處講話，所以，她的聲音，才會經由電話，而傳入我的耳中。本來，在坂田高太郎的旁邊，有人以中國話與之交談，已經是十分可疑的事情，而且，那聲音，在我聽來，十分熟悉，赫然是紅紅的聲音！

只聽得坂田「啊」了一聲，道：「恕難奉告！」「啪」的一聲，他已經收了線。我拿着話筒。想起那可能紅紅的聲音，所說的「快走啦！還打什麼電話」的那句話，我知道：坂田高太郎，可能立即便要離開馬尼拉了！

我連忙衝出房門，飛步跑下了樓梯，在樓梯上，利用無線電通話器，和宋堅匆匆地講了幾句，叫他也立即到坂田所住的酒店去。

我出了大門，立即上了一輛的士，向坂田所住的酒店，疾馳而去，到了門口，跳下車來！不到一分鐘，我已看到宋堅出現在對面。我們兩人，則交換了一個眼色，便見到坂田高太郎，和他的女秘書，兩人各提了一隻皮篋，走了出來，上了車子。

我和宋堅，連忙也上了一輛的士，吩咐司機，跟着那輛車子前進。我在車廂中，歎了一口氣，道：「宋大哥，如果不是我忽然打了一個電話，聽到了那一句話，就滿盤皆輸了，這件事，就算我們，最後得到了勝利，也只是僥倖而已！」

宋堅雙眉緊蹙，道：「衛兄弟，你……說那日本人，是我的弟弟？」

我道：「我也難以相信。那臃腫的日本女人，會是紅紅，但是宋大哥，我們不要忘記，現代的化裝術，效果是何等驚人，我們自己，人家又何嘗可以認得出來？」

宋堅默默地點了點頭，道：「如今，只剩下我們和他們兩方面了。白奇偉和警方，只怕想不到我們會在這時候離開馬尼拉吧！」

我道：「那也十分難說，香港警方派出的人，十分精明，而且，一定早已和本地警方，有了聯絡。至於白奇偉，我更是不低估他的能力！」

前面，坂田高太郎所坐的車子，一直向前駛去，我們的士的計費表上的數字，已經十分驚人，的士司機，頻頻轉頭來看我們。

我摸出了一張二十元面額的美金，塞在司機的手中，道：「你只管跟下去，這張鈔票，做車錢大概夠了！」的士司機大聲叫了幾下「ＯＫ」，沒有多久，車子便已駛出了市區。

駛出了市區之後，前面那輛車子，仍是沒有絲毫停止的意思，約莫又追了半個小時，的士司機苦着臉，回過頭來，道：「沒有油了！」我和宋堅兩人，一聽之下，不禁直跳了起來！

在這樣的情形下，我們知道，即使將那司機，打上一頓，也是無補於事，不如快些出去，另外設法的好。我們出了車子，看着前面的車子，在轉彎處消失，向前走出了半公里，在一家小飯店中，停了下來，向侍者問明了那一條路，除了通向海濱之外，別無去路，距離海濱，也只不過三、四公里了。

我們一聽，心中又生出了希望，匆匆離開了飯店，也不顧是否有人起疑，竟自在路上，飛奔起來，尚未奔到目的地，有一輛汽車，在我們身邊掠過，捲起來的塵土，撒了我們一頭一臉。

而當那輛汽車，絕塵而去之際，我和宋堅兩人，很清楚地聽得車中傳來白奇偉的哈哈大笑之聲！我們兩人，互望了一眼，心中氣極，不由自主，都漲紅了臉，因為，白奇偉分明也一直在注意坂田高太郎。這時候，他反而趕到我們前面去了！

而且，宋堅的身分，一直沒有公開，這時候，自然也給白奇偉識破了！那不將汽油加滿的司機，害得我們好苦！

等我們兩人，奔到了海邊，海邊上有一個小鎮，鎮上也十分冷落，除了幾家出租遊艇公司，有些人在來往之外，一切都冷清清的。

我們兩人，正在走投無路，不知白奇偉和坂田等人，究竟去了何處之際，忽然有一個人，向我們迎了過來，道：「是宋、衛兩位麼？」

我和宋堅兩人，不禁一怔，一齊咳嗽了一下，卻不回答，那人笑道：「兩位不必疑忌，我這裏，有白老大的一封電報在。」

我不禁大為奇怪，道：「白老大何以知道我們會來此地？」

那人道：「白老大電報中說，如果你們不來，這封電報也就不必交給你們，剛才，有兩個日本人，和四個中國人經過，我已覺得疑心，兩位在一起，我也不過姑且一問而已。」

宋堅忙道：「電報在哪裏，快拿出來！」

那人道：「請兩位到小店中來歇歇。」

我忙道：「事情急了，哪裏還能等待？」

那人又是一笑，道：「不怕，這裏最快的三艘快艇，是屬於我的。其中最快的一艘，我留了起來；另有兩艘，其中的一艘，早在兩天之前，已被那日本人租去，還有一艘，剛才租出，我是原來青幫中的小角色，兩位大名，我久仰了！」

我和宋堅，聽得那人如此說法，方始放心。那人辦事，如此精明，當然不會是青幫中的小角色，他如此說法，自然是客氣。

我們跟着他，進了他們開設專門出租遊艇的公司，在他的辦公室中，坐了下來，他在抽屜中取出了一封厚厚的電報，交給了我們。

我和宋堅兩人，一起看時，只見電文道：「宋、衛兩弟如晤，愚兄在悉宋富已飛馬尼拉之後，經連日苦思，已明于兄昔年，定然曾到過菲律賓眾多小島之一，所做工作，必定在此小島之中，宋富定然出海，故先電此間余兄，以作準備，預祝順風。白字。」

白老大的電報，在旁人看來，可能會莫名其妙，但在我們看來，卻十分明白。那是說，白老大一知道宋富去了馬尼拉，便想到于廷文當年，是將那一筆財富，藏在組成菲律賓的三千多個島嶼中的一個之上！

只不過何以白老大忽然悟到了這一點，這我們卻未曾料到，我當時，仍不明白。而且，在白老大的電報中，他顯然也不知道那小島究竟是什麼島。

我看完了電報，連忙問那人道：「那日本人租船，是不是到泰肖爾島去的？」

那人面露驚訝之色，道：「你怎麼知道？」

我匆匆解釋了幾句，道：「事不宜遲，我們快去追他們！」

那人道：「兩位，我不知道你們有什麼事，本來我也不當多問。但是有一件事，我卻不得不向兩位說明白的。」

我道：「什麼事？」

那人道：「那泰肖爾島，在地圖上根本找不到的，乃是在一個環形大島中間的一個小島！」

宋堅道：「那又怎麼樣？」

那人道：「這個小島，在日本人佔領菲律賓時期，曾想將之作為一個基地，計劃未曾實現，可是卻在島上，留下了一大批軍火，日本人退走之後，那地方一直是胡克黨的大本營！」

我和宋堅兩人一聽，不禁嚇了一跳。「胡克黨」，是一個窮兇極惡的盜匪組織，其無法無天的程度，遠在其它黑社會組織之上，連義大利的「黑手黨」，都瞠乎其後。他們也正是利用了菲律賓地形的特殊，在島與島之間流竄，所以一直未曾能徹底消滅。如果說，泰肖爾島是胡克黨的大本營的話，那麼，到這個島上去，實可以說，無疑送死！

宋堅低聲道：「我們實是非去不可！」

那人道：「兩位若是一定要去——」

他講到此處，將聲音壓得更低，道：「我那艘快艇的艙中，有兩隻沙發，每一隻之下，都有武器彈藥，因為我不時要出海，所以預備來對付暴徒的，兩位不妨取用。」

我和宋堅兩人，點了點頭，那人又道：「但是，我希望兩位最好不要動用那些武器，因為你們只有兩個人，而在那個島上，胡克黨黨徒，至少有一千個！」

宋堅伸手，拍了拍那人的肩頭，道：「多謝你的幫忙，希望我們能活着回來見你。」

宋堅在講那兩句話的時候，毫無開玩笑的意思，口氣也是十分莊肅，我聽了之後，心中也有同感！這時，我既知道了宋富和紅紅兩人的目的地，乃是泰肖爾島，我心中不僅為自己擔心，而且還為紅紅擔心。因為，島上的胡克黨黨徒，等於是掌握了現代武器的吃人生番，紅紅此時的處境，實是比她那幾位前往新畿內亞探險的同學，還要危險！

那人苦笑了兩下，顯然，他對宋堅的話，也大有同感，我們若能活着回來見他，可能是奇蹟！

宋堅又道：「白老大有沒有回電的地址？」

那人點了點頭，道：「有。」

宋堅道：「好，等我們走了之後，你拍一封電報給白老大，告訴他我們的行蹤。」

那人點頭答應，宋堅長長地舒了一口氣，道：「我們該走了，不然，或許會追不上他們了！」

那人聽了，又將我們領出了他的辦公室，來到了海上一個小碼頭上。在碼頭旁邊，泊着一艘快艇。

我們兩人上了快艇一看，我不禁歡呼了一聲。有一段時期，我十分醉心於水上快艇活動，所以，對於各種快艇的馬達，也頗有心得。

這一艘快艇，所裝的乃是性能極佳的瑞典出品的馬達，而且，有三具之多，兩具可以同時使用。三具中，有一具出了故障，絲毫不會影響快艇的速度，即使是兩具出了毛病，尚有一具，仍可保證行駛！

我懷疑這位幫助我們的朋友，可能在出租快艇之餘，還做些走私的勾當，不然，他要這樣速度的快艇，實在一無用處！

當然，我只是心中暗自想着，並未曾揭破他。那位朋友卻也不是蠢人，見我注意了那特殊安裝的三具馬達，便向我會心一笑！

我們來到了船艙中，那人首先，將兩隻沙發，掀了起來。我們向沙發下一看，只見有兩箱子彈，和兩柄手提機關槍。

宋堅「哈」的一聲，道：「武器這樣充足，簡直可以佔領那個島了！」那人似乎並不欣賞宋堅的幽默，沉着臉，一聲不出。接着，他又取出了一張航海圖，那是方圓一百浬海域之內所有小島的圖，他將泰肖爾島所在的位置，指給了我們看。

那泰肖爾島本身，在地圖上看來，自然十分小，在島外，還有一個環形的大島，將泰肖爾島，包圍了起來，只有東北方，有一個缺口。

我心知我們此行，實是大為兇險，研究了片刻地圖，問那人道：「尊駕一定到過那個島上？」

那人搖頭道：「我不能說到過，但是有幾個胡克黨黨徒和我相當熟，他們卻和我說起過島上的情形。」

我和宋堅忙道：「那麼，請你對我們說說！」

那人在艙中來回踱了幾步，道：「泰肖爾島外面，那個環形的島，實則上，只是一團岩石，聳立在海中，最高之處，達到六十公尺高，都是峭壁，乃是出產燕窩的地方。當然，自從胡克黨盤踞之後，那地方的燕窩，也不再有人採集了。」

他講到此處，頓了一頓，又道：「因為那一團礁石，成了泰肖爾島的天然屏障，所以，胡克黨只在那個缺口的兩旁，安上重武器，而在其他地方，卻並沒有防守。」

宋堅「啊」的一聲，道：「那我們可以利用這一點，在峭壁上翻過去，我相信沒有什麼峭壁，可以難得過我和衛兄弟兩人！」

那人點了點頭，道：「這個念頭，我也動過。剛才我說我不能算到過，實質上，我是曾攀上了峭壁的，爬山的工具，也在這快艇上，可是我在攀上了峭壁之後，卻發現難以下去！」

宋堅道：「為什麼？」

那人道：「在島上，胡克黨防守得十分嚴密，幾乎每一個岩洞中，都有人以槍口對着海面，你一下峭壁，便非被發現不可！」

宋堅和我兩個人，呆了半晌，那人聳了聳肩，道：「或許我不夠膽子，兩位此去，或則可以成功。據我所知，胡克黨的首領，是一個非常狡猾的人，受過高等教育，在日本人佔領菲律賓時期，曾經和日本人勾結，無惡不作，名字叫作里加度。」我一面聽他的話，一面心中暗自盤算，已經有了一些計劃。

那人講完，似乎沒有其他的話了，他望了我們一眼，默默地走向船尾，在他踏上跳板之際，他又回過頭來，道：「兩位，如果萬一不幸，你們落到了胡克黨的手中，那麼，我有一句話奉告：死得快是福！」

他的語音，一點也沒有恐嚇的意味，我和宋堅，也都不是膽小的人，可是，我們聽了他最後那句話，都不由自主，機伶伶地震了一下，臉上為之變色！因為，在這最後一句話中，不知包含了多少恐怖的意味在內，胡克黨黨徒手段的酷毒，也盡在不言中了！

那人講完之後，搖了搖頭，便走上了岸去。

我和宋堅，又呆了片刻，宋堅道：「衛兄弟，這是七幫十八會的事，你……」

我不等他講完，已經知道他的用意，是叫我不要再去涉險，就此回去，因此立即打斷了他的話頭，道：「宋大哥，你不必再多說了！」

宋堅本是豪氣凌雲之人，一聽得如此說法，也絕不忸怩多言，立即「哈哈」一笑，走了開去，去檢查那兩柄手提機槍。

我則解開了纜繩，發動了兩具馬達，快艇按着海圖上所示泰肖爾島的位置，破浪而去。快艇前進的速度，的確驚人，兩個小時以後，我用望遠鏡，向前面的一堆礁石看去，發現正是泰肖爾島外面的礁石。

這時候，天色已經漸漸黑了下來，我想找一找白奇偉和宋富兩人所駛來的船隻，是否停泊在礁石之旁，但因為暮色蒼茫，所以看不清楚。

在我們的快艇，離開礁石，遠遠的時候，我便關了馬達，宋堅也從艙中，走了出來，我道：「我們用船槳，划近那礁石去，不要驚動了胡克黨黨徒！」宋堅點了點頭，道：「何以不見他們？」

我從宋堅的話中，聽出宋堅對於他那不肖的兄弟，以及白奇偉等，都十分關心。那實是難怪他的。宋富是他唯一的親人，雖然志趣和他大相逕庭，但是總是他的兄弟，若是落在胡克黨的手中，宋堅自然會感到難過的。而白奇偉則是他生死至交白老大的兒子，他當然不能不關心他的安危。

我也是一樣，儘管我不明白，紅紅何以和宋富在一起，而且，我對她和宋富在一起這件事，不滿意到了極點，但我仍是十分關心她的安危。

我們兩人，出力地划着船槳，天色黑了下來，海水變得那樣地深邃和神秘，礁石高聳，在星月微光下看來，像是一頭碩大無朋的史前怪獸一樣。

到快艇划近礁石的時候，我看了看手錶，是晚上十時二十分。

我們沿着礁石划，發現了一個岩洞，我和宋堅將快艇，划進了岩洞去，洞中漆黑一團，我亮了一隻強力的電筒，只見那岩洞只不過兩丈深淺，像是一個天然的船塢一樣。

我們將艇停好，宋堅道：「衛兄弟，我們要不要泅水去找一找他們？」

我想了一想，道：「我看不必了，他們只怕早已攀上峭壁去了。」

宋堅道：「令表妹一點也不會武術，她如何能攀得上峭壁？我看她一定也隱藏在如同這樣的一個岩洞之中，而未曾到泰肖爾島去！」

宋堅的話，令得我心中一動。

我們此來，冒着三重危險，不但胡克黨黨徒，不許我們侵入他們的根本重地，白奇偉、宋富，也和我們，有着利益上的衝突。我們在關心着白奇偉和宋富，但是他們，絕不會也關心我和宋堅，而且，大有可能，一發現我們，便將我們置於死地！

而如果，我不能夠在未曾見面之前，先找到紅紅的話，情形可能大不相同。紅紅自然會幫我，我們的行動便可以方便許多了！因此，我立即點了點頭，我們兩人，各自划了一隻橡皮小艇，出了那個岩洞。

當然，我們帶上了手提機槍和子彈，也帶上了電筒，出了岩洞之後，沿着礁石，向前划去，水光幽暗，不到半個小時，我們先後發現了十二、三個可以藏船的岩洞，在一個岩洞中，發現了一艘快艇。

那艘快艇上並沒有人，從遺下的物件看來，這艘艇的主人，是白奇偉和他的夥伴。他們的船，停在這裏，他們的人，不知吉凶如何了。

我們很快地就退了出來，繼續向前划去，一個一個岩洞用電筒照射着。很快地，我們竟來到了那環形礁石的缺口處，我們立即停了下來。那缺口，約有丈許寬窄，可以稱得上是世界上最險的險隘，因此如果守在上面的話，實是沒有什麼船隻，可以通得過去！

而這時，從礁石上，正有兩道強光，照射在缺口的那段海面之上，將海水照得閃閃發光，我和宋堅，躲在閃光照不到的地方，用望遠鏡，向泰肖爾島望去，只見島上，燈光閃耀，顯然胡克黨黨徒，在島上有了他們自己的發電廠。那或許是日本人留下來的，但也可以證明胡克黨黨徒勢力的龐大。

我們看了一會，便悄悄地划着船，向後面退了出去。在我們退出之餘，還可以聽得礁石上有人在大聲言笑。

礁石上面大聲言笑的人，所操的乃是呂宋島的一種土語，我對於世界各地的語言，有着極其精深的研究。一年多前，便是以西藏康巴族人的鼓語，脫離了一次險難的，他們的土語，我當然也聽得懂。只聽得他們，在大聲地交談着女人，講話的顯然是兩個色狼。

我們不想打草驚蛇，因此只是向後退出，不一會，便返到了我們快艇停泊的那個岩洞口，又再向前，划了進去。因為礁石是環形的，我們剛才，循着一個方向，只不過尋找了一半而已。

向另一個方向划出之後不久，我和宋堅便一齊看到，在前面的一個岩洞之中，有亮光一閃閃地在閃着！我和宋堅兩人，都不禁大是緊張。

我們的行動，更加小心，木槳觸水，一點聲音也不發出來，橡皮艇無聲地在海面上滑過，轉眼之間，便到了岩洞的口子上。

我們兩人，一起欠身，向洞內望去，只見洞中，停着一艘快艇。

那艘快艇，和我們剛才曾經發現，確定是白奇偉的那艘，形狀一模一樣，艙中正有燈光，我和宋堅兩人，作了一個手勢，兩人仍是悄沒聲地，向前划了前去，到了快艇邊上，我們蹲伏在橡皮艇上不動，只聽得船艙中，傳出一個女子的聲音，道：「肯定是這裏了，鋼板上刻得很明白，泰肖爾島，自然是這裏。」

另外一個男子的聲音道：「不錯，但我們只能看着，而不能到那個要命的島上去，找尋那筆財富！」

我和宋堅兩人，聽到了這裏，交換了一下眼色，宋堅低聲道：「令表妹？」

我點了點頭，也低聲道：「令弟？」他也點了點頭。

在那快艇之上的，正是紅紅和宋富兩人！

當然，事到如今，我也弄明白，紅紅和宋富，當然便是生物學家坂田高太郎和他的女秘書。本來我覺得要冒充坂田高太郎的身分，似乎是很不可能的事情，但如今我明白了，宋富根本不用冒充坂田高太郎，因為他就是坂田高太郎！

這話聽起來，似乎玄了一些，但細說一二便可以明白，宋富和坂田高太郎，實是二而一，一而二，只是一個人！宋富離開家很早，他可能一離開中國之後，便化裝到了日本，學起生物來，有那二三十年功夫，以宋富的聰明，當然不難成為一個傑出的生物學家了。

而且，更有可能，宋富的雙重身分中生物學家的身分，一直是他從事另外一種活動的掩飾！「旅行教授」這個名稱，便表明了他不是安份守己的人！

當下，只聽得紅紅「噢」的一聲，嚷道：「教授，你怎麼啦，幾個胡克黨，就將咱們嚇退了？」宋富的發言，十分沉着，道：「小姐，不是幾個，這裏是胡克黨的大本營！」

紅紅道：「那更好了，菲律賓政府，是我們的友人，胡克黨和菲律賓政府作對，我們可以將他們破獲，交給當地政府處理！」

宋富「嘿嘿」地乾笑了兩聲，道：「大破胡克黨，是也不是？你是在編寫第八流好萊塢的電影劇本麼？還是你有了原子死光？」

宋富講完之後，紅紅好半天未曾出聲，才道：「那我們怎麼辦？」

宋富的聲音，傳了過來，道：「我們先要找到，于廷文將這筆錢，藏在島上的什麼地方？」

我聽到了這裏，又轉過頭去，低聲道：「宋大哥，原來他們也不知道那筆錢，究竟是藏在島的那一部份，看來我們，不至於失敗。」

宋堅點了點頭，又作了一個手勢，囑咐我不要出聲，我向船上指了指，示意我們是否要爬上艇去，宋堅卻搖了搖手，表示不用。

我同意宋堅的意見，我們兩個人，仍伏着不動。只聽得紅紅的聲音，傳了過來，道：「教授，我們只要到了島上，還不能明白麼？」

我聽得紅紅稱呼對方為「教授」，已經知道我對於宋富的判斷是不錯的了。他是一個雙重身分的人，的確是一個十分出名的生物學家，但同時，他卻也是宋堅的弟弟、飛虎幫的叛徒，紅紅和他之所以曾在一起，當然是因為他曾在紅紅就讀的那所大學教過書的緣故！這時候，我心中十分着急，因為宋富是這樣的一個人，而紅紅又是如此天真，他們兩人在一起久了，是不是已發生了什麼難以估量的事情，使我無法對姨母交代的呢？只聽得宋富道：「王小姐，這島上，你難道敢上去？」

我聽得宋富如此稱呼紅紅，心中才放心了些。紅紅道：「我當然敢，只要到了島上，再想想辦法，我相信，這幾句難以解釋的話，便一定可以有結果了，教授，你說是不是？」

宋富像是沉吟了片刻，道：「那個也不見得，只不過我們好不容易，將二十五塊鋼板，一齊得在手中，如果空手而回，實在難以心息。可是我們一上島去，只怕立即便要被他們捉住！」

紅紅道：「教授，你是知道格麗絲的？」

宋富道：「自然知道。」

紅紅道：「她到新畿內亞的吃人部落中去了，我卻連胡克黨盤踞的地方都不敢去。」

又是這一套，什麼人什麼人到吃人部落去了，於是我便要怎樣怎樣，真不知道那是什麼邏輯！

宋富笑了一下，道：「希望格麗絲的滋味較好，不要像小洛克菲勒那樣，有去無回！」

紅紅道：「不論怎樣，胡克黨之中，總有文明人，他們總不至於將人吃掉的！」

宋富笑了一笑，道：「小姐，世上有許多文明人，吃人的時候，連骨頭都不吐出來，比吃人部落的生番，還要厲害！」

紅紅也站了起來，道：「教授，你什麼時候，不教生物，教起哲學來了？」

我和宋堅兩人，聽到此處，交換了一下眼色，不約而同地，各在袋中，取出那柄可以發射令人昏迷的藥水的手槍來。

我們取了白老大所製的特殊手槍在手，輕輕地攀住了那艘快艇的舷，我們雖然屏住了氣，令得身上發輕，但是那艘快艇，還是向旁，側了一側，只聽得宋富道：「噢，有人？」

紅紅道：「有人？什麼人？胡克黨已經發現了我們？那我們乾脆將錢財與他們平分算了！」紅紅的話，當然是在說笑，可是我聽了，心中卻是一動。

宋堅在我略呆了一呆之後，一聳身，已經翻上了宋富那艘快艇的甲板，我也連忙跳了上去。

我們兩人，才一上了甲板，只見艙門口，人影一閃，緊接着，「嗤嗤」兩聲，有兩枚不知是什麼東西，向我射了過來，我想起宋堅對我說的話，連忙將身子，伏了下來，也就在此時，我聽得宋堅「啊呀」一聲，身子一晃，跌倒在甲板上！

宋堅跌倒在甲板之後，我聽得「拍」的一聲，有什麼東西，釘在甲板之上。我心中大吃一驚，只當宋堅已經中了毒針，不顧一切地躍了起來，而宋富在這時，卻正轉過身，向宋堅望去。

就在那時候，我扳動了槍機，一股液汁，如同噴霧也似，向前掃射而出！

出乎我意料之外，是躺在地上的宋堅，幾乎是在同時跳起身來，「嗤」的一聲，一蓬濃霧，向宋富迎面射了過去！

宋富前後都被夾攻，想避也避不開去，只見他身子一晃，「砰」的一聲，已跌倒在甲板之上，那分明是白老大所配製的迷藥，已經起了作用。

我忙問道：「宋大哥，你沒有受傷麼？」

宋堅道：「我沒有！」

我們兩人，只講了一句話，便聽得艙門口，傳來紅紅的聲音，道：「誰也別動！」

我和宋堅，抬頭一望，只見紅紅手中，持着來福槍，指着我們，面上神色，十分嚴肅，以英語道：「你們是胡克黨麼？」

我忍不住笑了起來，道：「王小姐，我們如果是胡克黨，你早已成了死人了！」

紅紅在聽到了我的聲音之後的一瞬間的表情，我相信最天才的演員，也難以表演得出來，她張大了眼睛，半歪着口，想說話，又說不出來，來福槍的槍口，卻仍然指着我們。

我向前踏出了一步，將來福槍的槍管，推斜一些，怎知紅紅不知是緊張過度，還是在乍一聽到我的聲音之後，感到了過度的意外，原來扣在槍機上的手指，已經十分用力——那是十分危險的，只要能多用一分力量，我就會死在她的槍下了——而經我一推，槍身一斜，槍機已被帶動，只聽得「砰」的一聲響，一顆子彈，已經呼嘯而出，在岩洞中聽來，聲音更是嚇人！

紅紅這才怪叫一聲，道：「表哥，原來是你！」

她一面叫，一面拋了來福槍，向我奔了過來，雙手掛在我的頸上，在我的面上，吻之不已，而我在這時候，卻實是心驚肉跳，到了極點，因為胡克黨不是死人，剛才的一下槍聲，一定已將他們驚動！

我用力一扯，拉脫了紅紅的雙臂，忙道：「宋大哥，咱們快將快艇駛出去！快！快！」宋堅早已奔到了船尾，發動了馬達，快艇向岩洞外衝去。

第十四部

二十五塊鋼板的秘密

紅紅卻還在咭咭咯咯地道：「表哥，本來我也要再見你一次，再到美國的，在那個島上——」

我實在忍不住，大聲叱道：「紅紅，你如果還想回美國的話，就閉上你的——嘴。」我本來想講「閉上你的鳥嘴」的，但幸能及時煞住。

紅紅雙手插腰，杏眼圓睜。道：「表哥，你有什麼了不起？老實說，我比你厲害得多！」

我哪裏顧得和她多說什麼，躍到了船頭，這時候，在山岩之上，已經可以聽得到槍聲和一閃一閃的信號燈光了。

快艇沿着巖礁，向停泊我們那艘快艇的岩洞駛去，我大聲道：「宋大哥，駛過那岩洞時，你不要停船，一直向海外駛去！」

宋堅道：「衛兄弟，你小心！」我根本來不及回答，因為這時，已經來到了那個岩洞的附近，我一躍入水，在未入水之前，還聽得紅紅在大叫，道：「游水有什麼稀奇！」我一躍入水中，便以最快的速度，向洞中游去！

我自己估計這數十碼的水程，我游得絕不至於比世界冠軍慢多少，等我躍上了我們那艘快艇之際，我已經聽得外面的馬達中，不止宋堅的那一艘船，顯然是胡克黨黨徒，已在極短的時間內出動了！

我開動了兩個引擎，我們的那艘快艇，幾乎是貼着水面，飛出岩洞去的，而一出岩洞，我便聽得一陣槍聲，向前面看去，只見四艘裝甲的小快艇，正在追趕宋堅駕駛的那艘！

那四艘小快艇的速度，顯然比宋堅的那艘，要快上許多，雙方面相距，已只不過七、八十公尺，正在緊張地駁火，我操縱着馬達，將第三個馬達，也立即發動了，船身前進的速度，快到了極點，激起極高的水花，將全身盡皆淋濕。

很快地，我便追過了那四艘裝甲快艇，向宋堅的快艇接近，在我駕過宋堅快艇之旁時，突然從宋堅的艇上，「呼」的一聲，一團黑影，飛了過來。我連忙一躍向前，將之接住，抛入艙中，那人被我抛到了艙中之後，哇呀大叫起來，原來正是紅紅。

紅紅當然不是自己躍過，而是由宋堅抛了過來，紅紅一到了我的快艇上，我的快艇，正在宋堅的快艇之旁擦過！

就在那一瞬間，我拋出了纜繩，已將宋堅的快艇拴住，馬達怒吼，水花四濺，我的快艇，拖着宋堅的那艘，向海中疾駛而出。

在這時候，我們的頭頂上，子彈呼嘯，宋堅的那艘快艇的引擎，顯然已被擊壞，正冒出一股一股的濃煙，而我的那艘快艇，感謝那位朋友，小小的引擎旁四周圍，竟全都裝上了防彈鋼板，所以未受損傷。

我在子彈呼嘯之中，向後望去，只見啣尾追來的裝甲快艇，已經增加到了十二艘，幸而我快艇的三具馬達，一起發動，速度在他們的裝甲快艇之上，所以距離愈來愈遠，終於出了子彈的射程之外。前後約莫四十分鐘，我們已在茫茫的大海之中，將那十二艘裝甲艇，拋在後面，看不見了。

我知道胡克黨黨徒，也十分忌憚菲律賓政府，並不敢十分遠出，所以立即關了兩具馬達，使船的速度，慢了下來，那時，宋堅的那艘船，已在起火燃燒，宋堅抱着宋富，停在船首，我一將快艇的速度放慢，他便一躍而起，在兩艘船之間的那條繩上一點足，又彈了起來，輕輕巧巧地落到了我的船上。

他一到了船上，反手一掌，掌緣如刃，便向麻繩，切了下去！

我連忙叫道：「宋大哥，那二十五塊鋼板！」

宋堅道：「我已取了！」「拍」的一聲，一掌切下，已將麻繩切斷，將那艘船拋棄，我們駛出沒有多遠，這艘船便沉下海去了。

我和宋堅兩人，直到這時，才透了一口氣，一齊抬起頭來，只見紅紅站在船上，滿面委屈，道：「表哥，你摔痛我了！」

我想叱責她幾句，可是又不忍出口，忙道：「算了算了！」紅紅一扭身，便進了船艙，我和宋堅兩人，也跟了進去。

宋堅濃眉緊鎖，道：「衛兄弟，咱們是脱險了，白奇偉他們，不知怎樣了！」

我歎了一口氣，道：「但願他們，平安無事！」我一句話剛説完，忽然聽得紅紅，高聲驚呼起來！

我聽得紅紅驚呼，只當她又在發神經病，剛想叱止，卻見宋堅，也怔了一怔，我心知事情不妙，連忙也向艙口望去，只見兩挺手提機槍，正對準了我們，緊接着，便是一人「哈哈」一笑，道：「多謝關心，我在這裏，並不曾落在胡克黨的手中！」

那聲音不是別人，正是白奇偉所發！

我和宋堅兩人，不由得面面相覷，一句話也講不出來！剛才，我們還當白奇偉大有可能，已落在胡克黨的手中，而在為他可惜、着急，怎知如今，轉眼之間，我們盡皆為他所制！

白奇偉在兩個手持機槍的人中出現，他居然仍是神父的裝束，滿面得意之色。

白奇偉道：「那也是無巧不成書，我們想翻過懸崖，到那島上去，卻未有結果，正在逐洞搜尋可有岩洞，可以直通裏面的海域，卻發現了你們的快艇，我們剛上去，衛先生便來了，剛才那一場海戰，十分精采，是不是？」

宋堅沉聲道：「奇偉，你令他們將槍拿開！」

白奇偉面色，陡地一沉，「嘿嘿」冷笑兩聲，那兩人立即扳動了機槍，只聽得「達達達達」一陣驚心動魄的響聲過處，槍口的火舌，竄出老遠，那兩人已各自射出了一排子彈。

但是那一排子彈，卻並不是向我們射來，而是向艙頂射出的。

艙頂上，立時開了一個「天窗」。我吸了一口氣，向紅紅看去，只見紅紅雖然面色青白，但是卻仍然站着，未曾給剛才的場面嚇倒！

我心中對紅紅，也不禁暗自讚許，因為她究竟十分勇敢大膽，倒不是完全胡來的！

宋堅在槍聲過去之後，立即問道：「這算什麼，示威麼？」

白奇偉冷冷地道：「正是，如果剛才你們兩人，如非在言談之間對我還有幾分關心，這兩排子彈，已到了你們的身上了！快將那二十五塊鋼板取出來，這次可別再玩什麼花樣了，我在這裏將你們殺死，絕對沒有後果，你們別以為我不敢動手！」

我早已想到了這一點，這裏乃是茫茫大海，白奇偉若是將我們一齊殺死，當真是神不知鬼不覺，而他本來，只怕也真的有殺我們之意的，想不到我們無意中的幾句交談，倒救了我們的性命！

我唯恐宋堅不肯答應，將事情弄僵，忙道：「宋大哥，暫時，算是他贏了，將鋼板給他吧！」

宋堅沉聲道：「奇偉，你知道島上胡克黨黨徒，這樣厲害，我們自己人還起什麼爭執，不如同心設法對付！」

白奇偉連聲冷笑，道：「不必你多關心了，快取出來！」他一面說，一面緩緩地揚起手來，我們都知道，他的手如果向下一沉，在他身旁的兩個槍手，一定會毫不猶豫地放槍的！

宋堅的面色，顯得十分難看，但是他卻開始動作。解開了上裝，將繫在皮帶上的一隻皮袋，解了下來，白奇偉喝道：「拋在我的足下！」

宋堅冷冷道：「放心，我不會拋在你的面上的！」他一揚手，果然將那隻皮袋，拋到了白奇偉的腳下，那倒不是宋堅甘心情願，而是白奇偉和槍手，堵住了門口，我們根本連一點機會都沒有！白奇偉俯身，將皮袋拾了起來。

我們看着白奇偉，將皮袋解了開來，一塊兩塊地數着鋼板。一共是二十五塊，一點也不錯，等到數完，白奇偉的面上，才露出了一個滿意的笑容，道：「好，船艙之中，有救生圈，你們要離開這艘船！」

我和宋堅兩人聽了，不禁又驚又怒！

不要說在這樣的大海之中飄流，難以求生，而且，這一帶，正是太平洋之中，有名的鯊魚出沒地區，在第二次世界大戰之際，不知道有多少盟國的空軍人員，在這一帶的海域之中，葬身於鯊魚之腹！我們兩人，明知白奇偉既然作了這樣的決定，我們既不求他，便只有聽天由命了。可是，紅紅卻叫道：「我抗議！」

白奇偉微微一笑，道：「你抗議什麼？」

紅紅卻一本正經地道：「在海洋之中，放逐俘虜，違反日內瓦公約！」

我們幾個人，都未曾料到，紅紅竟會講出這樣一句話來，我和宋堅，雖然處境奇險，卻也忍不住大笑起來，白奇偉也忍不住笑了幾聲，道：「好，你們若是死了，也見不到我的成功。」

我知道，剛才白奇偉也未必真有意將我們逐下海去的，他真正的目的，是想我們向他求饒，但我自問和宋堅兩人，都是硬漢，絕不會向他求饒的。在那樣硬碰硬的情形下，他的威脅，可將付諸實現，而如今，有紅紅在側，一句話，便替我們解了圍！

白奇偉頓了一頓，又道：「那麼王小姐，你替他們兩人，反縛了雙手！」他説着，從衣袋之中，取出了幾條牛筋來，向紅紅拋了過去，紅紅還想不答應，我卻道：「紅紅，照他的話做！」紅紅這才將牛筋，拾了起來，將我和宋堅兩人的雙手反綁住，白奇偉向地上的宋富一指，道：「他死了麼？」

我道：「沒有，他昏了過去。」

白奇偉吩咐道：「將他也綁了起來，手足一齊綁！」

紅紅大聲道：「綁手也夠了，何必綁足？」

白奇偉冷笑道：「小姐，手足一齊綁，雖然痛苦一點，但比在海上，遇見吃人的虎鯊來，等於是在邁亞美海灘上晒太陽了，是不是？」

紅紅「哼」的一聲，又將我們三人的雙足，一齊用牛筋縛了起來，我和宋堅兩人，只得相視苦笑，我們手足都被縛起之後，坐在椅上，一動不動，紅紅向白奇偉走了過去，雙手一伸，道：「輪到我了。」

白奇偉笑道：「你可以免了！」

紅紅怒道：「放屁，誰要你免？」

白奇偉哈哈大笑，道：「船上連你們三人在內，共是六個人，吃的喝的，全歸你準備！」

紅紅道：「你不綁我雙手，可不要後悔！」

白奇偉一笑，道：「諒你也翻不出我手掌！你跟我出來。」紅紅向我們兩人望了一眼，便走出了船艙。那艘快艇，有前後兩個艙，我們所在的，乃是前艙，紅紅和白奇偉等人，走出去之後，不一會，便聽得後艙中有腳步聲。

緊接着，前後艙相隔的那個板壁上的一扇小窗，被打了開來，一支槍伸了過來，對準了我，同時，聽得鋼板的響聲，白奇偉道：「你們怎麼從鋼板上得知這筆財富，是藏在那個環形島上的？」

紅紅冷冷地道：「是動腦筋動出來的。」

白奇偉厲聲道：「你可別耽擱時間，快照實說！」

紅紅卻「啊」的一聲，叫了起來，道：「姓白的，你聲音大些，我便怕你了，是不是？」我聽得紅紅的口吻竟儼然是一個女流氓，不禁笑了起來，道：「白奇偉，如果你想省些時間，少費些心思，還是對我表妹，客氣一點的好！」

白奇偉語帶怒意，道：「我就不信。」

我一聲冷笑，道：「若是你施什麼強橫手段，她只是一個女子，你也不見得什麼英雄。」

我知道白奇偉這個人，處處喜歡表現自己是英雄人物，所以才特地用這話去激他。

果然，他呆了半晌，咳嗽了兩聲，道：「王小姐，你該說了！」

紅紅道：「你將二十五塊鋼板，拼了起來，便可以發現，凹凸不平之處，湊了攏來，剛好是這個環形島和中間一個小島的地圖，而有一頭大鷹，以簡單的線條，附在地圖上，鷹嘴指着那個小島，我們查出這個小島，就是泰肖爾島。」

我和宋堅兩人，這時候，才知道那二十五塊鋼板的作用。

本來，我們想趁白奇偉不在的機會，試試可能掙脫縛住我們的牛筋，但是我們聽得白奇偉和紅紅兩人，正在研究那二十五塊鋼板的來歷和秘密，便靜止不動，仔細聽了下去。只聽得鋼板的相碰聲，不斷地傳了過來，那顯然不是白奇偉，便是紅紅，正在擺動鋼板，過了約莫七、八分鐘，聽得白奇偉道：「果然不錯，王小姐確有過人之才！」紅紅得意地笑了起來。

我心中暗忖，白奇偉也確有過人之才。他果然聽了我的話，對紅紅客氣起來了。

白奇偉又道：「那麼，鋼板後面的文字，可是指明準確地點嗎？」紅紅道：「你不妨自己翻過來看看，我們也沒有弄懂。」

白奇偉「嗯」的一聲，又翻動鋼板，過了沒有多久，便聽得他唸道：「七幫十八會兄弟之財，由于廷文藏於島上，神明共鑒。」他唸到這裏，略停了一停，道：「這是什麼話？」

宋堅忍不住道：「快唸！」

白奇偉道：「你還想有份麼？」

紅紅道：「多一個人想便好一點！」聽她的口氣，像是已經根本不將白奇偉當作是敵人了！

只聽得白奇偉唸道：「白鳳之眼，朱雀之眼，白虎之眼，青龍之眼，唯我兄弟，得登顛毫，再臨之日，重見陽光。」

白奇偉唸完之後，忍不住道：「放他媽的狗屁，這是什麼話？」

我嘲笑道：「自己不懂，不要罵人！」白奇偉道：「你懂麼？」

我道：「我也不懂，但是我至少會慢慢去想，不會開口罵人！」

白奇偉大喝一聲，道：「閉嘴！」我不再和他理論，將他剛才說的那幾句話，翻來覆去地在心中，唸了幾遍。

那幾句話實在可以說連文氣都不連貫。而可以連貫的地方，似乎又是廢話，和指示準確的地點，顯得一點關係也沒有，關鍵當然是在前四句，可是前四句，根本代表不了什麼！

我向宋堅望去，只見他也在搖頭，顯然可見，他也不知那是什麼意思！快艇一直在海上飄蕩着，過了好久，我們聽得白奇偉吩咐手下，去檢查燃料的多寡，又吩咐另一人，去發動馬達，那扇小窗上，監視我們的槍管子，也縮了回去。

我立即站了起來，手足用力，掙了幾掙，可是牛筋，堅韌無比，用力掙了幾掙，反倒深深地勒進了肌肉之中，好不疼痛。宋堅向小窗戶中，看了過去，只見白奇偉望定了桌上，那拼成了圓形的二十五塊鋼板，正在以手敲桌，不斷沉吟。

宋堅看了一看，便縮了回來，一俯身，便張口向我的手腕處咬來，我知道他想將牛筋咬斷，心中暗自一喜。

可是，宋堅才一咬上去，卻立即「啊」的一聲叫，向後退了開去，我不禁吃了一驚，忙道：「怎麼啦？」

只見宋堅的口唇，片刻之間，便紅腫了起來，我大聲喝道：「白奇偉，牛筋上有什麼花樣？」

白奇偉哈哈大笑，道：「沒有什麼花樣，但如果你想將牛筋咬斷，只怕不免一死！」我道：「如果只是咬了一咬呢？」

白奇偉道：「那只不過痛上一會而已，讓你做不成風流小生，罪過罪過！」

原來他在鄰艙，並不知道吃了虧的是宋堅，還只當是我，所以才這樣來挖苦我的。

我歎了一口氣，不再出聲，宋堅更是滿面怒容，不久，船已開動，在船開動之後的十來分鐘之後，只見躺在地上的宋富，轉動了幾下身子，睜開眼來。

我們向他望去，宋富也向我們望來，一開始，他面上現出了無限的驚訝之色，但片刻之間，便轉為冷漠一笑，道：「好，都落在胡克黨手中了？」

宋堅道：「胡克黨要你這個生物學家做什麼？」

宋富一聲冷笑，道：「老大，你以為我是愧對飛虎幫，才不回來的麼？老實告訴你，我是看見你就討厭，所以才不回來的！你是老大，什麼都是你的，你全有分，我全沒分，呸！」

宋堅面色鐵青，喝道：「你閉不閉嘴？」

宋富哈哈大笑起來，道：「好！好得很，我一直以為，你當真是出人頭地，樣樣都勝我一籌，但是如今我才知道，我們至少有一件事是平等的，那就是我們一齊被人綁住了手足！」

宋富在大聲叫嚷之際，也顯得他十分激動。

宋堅道：「你去做你的日本人好了，誰來稀罕你，你又來攪風攪雨做什麼？」宋富四面一看，就在此際，後艙也傳來紅紅的聲音，叫道：「教授！」

宋富道：「你沒事麼？」

紅紅道：「我很好，我們不是落在胡克黨的手中，是白老大的兒子，白奇偉的俘虜！」宋富冷笑了幾聲，又以極其狠毒的眼光，向我望了一眼，我也不甘示弱，道：「幸會，好幾次未死在你手中，算是命大。」

宋富從鼻子之中，冷笑了一聲，道：「死在眼前，還逞什麼口舌之雄？」

宋堅道：「阿富，你再多說一句，我絕不輕饒你！」

宋富又狂笑起來，道：「白奇偉這小子，成事不足，敗事有餘，得了二十五塊鋼板，自以為是，一定向泰肖爾島去，連他在內，我們全是胡克黨的消遣品！你還要怎樣對我？」

我聽了宋富的話，又想起「死得快是福」這句話來，不由得機伶伶地打了一個寒顫！宋堅的面色，也為之一變，只聽得一陣腳步聲，白奇偉已走了過來，道：「你放什麼屁？」

宋富連望都不向他望一眼，道：「臭小子，你乳臭未乾，憑什麼資格，來和我說話？」白奇偉立時大怒，一聲怒哼，抬腳向宋富便踢！

我倒也不忍宋富吃了眼前虧，剛要出聲時，卻見宋富，整個人向上彈起，反向白奇偉那一腳，迎了上去！宋富那突如其來的一躍，令得白奇偉也為之一怔，出腳不免慢了一慢，只聽得白奇偉的兩個手下，在鄰艙大聲呼喝，但這時候，他們卻沒有法子開槍射擊！

因為宋富一躍了起來之後，猛地一撞，已經將白奇偉壓在他的身下，如果射擊的話，白奇偉也絕對不能避免受傷！我一見有機可趁，立即身形一挺，也向上躍了起來，以膝蓋向白奇偉的頭部，跪了下去，重重地撞了一下，就像是自由式摔角，要努力打倒對方時所用的手段一樣，白奇偉悶哼了一聲，幾乎昏了過去。

宋堅唯恐我將白奇偉打成了重傷，忙道：「行了！行了！」我又躍了起來，宋富的身子，壓在白奇偉身上，不肯移開。

白奇偉好一會，才大聲叫了起來，紅紅和他的手下，早已來到了我們的艙中，我立即道：「紅紅，快將他們的武器繳了！」

那兩個人因為白奇偉被宋富壓住，無可奈何，只得聽憑紅紅，將手提機槍，繳了過去，紅紅提着一柄，又掛一柄在肩上，居然威風凜凜。我嘻嘻一笑，道：「白兄，如今又怎樣？」

白奇偉面色鐵青，一聲不出，宋富喝道：「還不將我們，解了開來？」

白奇偉拚命在掙扎，想將宋富掀翻。但宋富在柔道上，分明有着極高的造詣，他雖然手足被縛，但是他壓在白奇偉身上的姿勢，卻是一式十分優美的「十字扣壓」，令得白奇偉無論怎樣掙扎，都沒有辦法掙扎得脫。

白奇偉的兩個手下，走了過來，將我們手足的牛筋，都解了開來，我和宋堅，都不約而同，拔了白老大給我們的特製手槍在手，宋堅喝道：「富弟，你起來。」

宋富「哼」的一聲，道：「你又神氣什麼？不是我，你們能脫身麼？」

宋堅呆了一呆，才道：「不錯，若不是你，我們都不能脫身，這次是你的功勞。」

宋富冷冷地道：「既是我的功勞，你為什麼又來發號施令？」

宋堅像是竭力地忍着怒火，道：「那你準備怎麼樣？」

宋富一聲冷笑，身子一彈，便一躍而起，道：「不準備怎麼樣！」

我在一旁，看得出宋富口中，雖然如此說法，但事實上，他心中一定另在打着主意。

宋富一躍了起來，白奇偉也翻身站起，看他的情形，像是要向宋富撲了過去，但是他向我們看了一眼，卻又不敢發作。

我向宋堅望了一眼，道：「宋大哥，你該說話了！」

宋堅沉聲道：「不錯，我是有話要說，如今，我們大家。必須化敵為友！」

宋富抬頭，望着艙頂上的那一排彈孔，一聲不出，白奇偉發出了一聲冷笑。

宋堅繼續道：「事實上，我們都是自己人，如今，胡克黨盤踞島上，若是我們自己人再鈎心鬥角，如何能達到目的？」

宋富道：「不錯，有理之極！」他話雖是如此說法，但語氣之中，卻是大有揶揄之意，宋堅瞪了一眼，卻也沒有法子發作。

我向白奇偉走了過去，道：「白兄，你的意思怎麼樣？」

白奇偉轉過身去，道：「我的意思，還是騎驢看唱本，走着瞧！」

我看得出，宋富和白奇偉兩人，都沒有化戾氣為祥和之意，若是勉強要他們在一起，他們如今在劣勢的情形之下，他們自然不敢怎樣，可是他們一有機會，一定蠢動，實是防不勝防！

我想了一想，便道：「紅紅，你到鄰艙，去將那二十五塊鋼板取來。」

紅紅答應一聲，走了出去，我突然迅疾無比地，將白老大特製的手槍，扳了兩下，白奇偉和宋富兩人的臉上，都現出驚訝無比的神色，但是他們驚愕的表情尚未收斂，「嗤嗤」兩聲過處，兩蓬液霧，已噴向他們的面部，兩人身形一晃，已倒了下來。

宋堅吃了一驚，道，「衛兄弟，你做什麼？」

我道：「宋大哥，他們兩人，懷有異心，絕不能合作！」那時候，白奇偉的兩個手下，不知道發生了什麼事，只當白奇偉已經死去，面色發青，額上滲出了老大的汗珠來。宋堅道：「那你準備將他們怎麼樣？」

我道：「暫時將他們送到附近的荒島上去，留下點糧食給他們，等我們的事情成功之後，再接他們走。」

宋堅想了片刻，歎了一口氣，道：「看來也只好如此了。」

我到了船尾，又發動了馬達，快艇一直向前駛去，沒有多久，便已經駛近了一個荒島，我命白奇偉的兩個手下，抬着白奇偉上島去，給他們留下了七天的食糧和食水，然後，又駛到附近另一個荒島上，將宋富也抬了上去，我相信他在醒轉來之後，便自然會知道是怎麼樣的一回事了。

將白奇偉和宋富兩人，都處置妥當之後，我和宋堅兩人，才有機會，看到那二十五塊鋼板的全貌，那二十五塊鋼板，也沒有什麼可以多敘之處，和白奇偉與紅紅兩人在研看之際，我們所聽到的那一切，沒有什麼多大的出入，而那幾十個字，也是渾不可解。

我和宋堅、紅紅兩人，商議了一陣，覺得如果不是再到泰肖爾島去，實在絕對沒有法子，弄明白這一切的。但是如果到島上去，正面交鋒，又不是胡克黨的敵手，偷進島去，又絕無可能。

商議了好一會，我突然想起紅紅說過的那句話來：和胡克黨對分財富！

當然，胡克黨黨徒無惡不作，如果將這樣大的一筆財富和他們對分，實是助紂為虐，但是兵不厭詐，我們卻不妨以此為名，和胡克黨的首領，有了接觸之後，再來見機行事！

我將這意思，和紅紅、宋堅兩人說了，紅紅第一贊成，宋堅想了一想，也認為可行。

於是，我們又向泰肖爾島駛去，到了將近的時候，我們在旗桿上，升起了一面大白旗，表示此來，並沒有惡意，而且，我相信那位將快艇借給我們的朋友，和胡克黨一定時有來往，胡克黨黨徒可能認得這艘快艇的！

我們從泰肖爾島環形外島的那個缺口中，駛了進去，只聽得幾下槍響，從槍聲來聽，槍是向天而鳴的，才駛進去不久，四面都有一艘快艇，駛了過來，我也立即停下了馬達。

駛近來的快艇上，每一艘的頭上，都站着一個人，全副武裝，神情顯得十分嚴重。我早已吩咐紅紅，躲在艙中，不要出來。

我和宋堅兩人，則站在船頭，只見快艇越駛越近，片刻之間，便已接近了我們的快艇。那四個人的身手，也十分矯捷，一躍而上，其中一個以英語喝道：「是送煙草和酒來了麼？」

我和宋堅兩人，互望了一眼，同時，我心中暗忖自己所料，果然不差，這艘快艇的主人，果然和胡克黨黨徒，略有來往。我卻並不以英語回答，而以呂宋土語，道：「你們弄錯了，我們是來見你們首領的。」

那四人的面色，立時一變，其中有兩個人，甚至立即大聲呼喝起來，我立即又道：「我們此來，絕無惡意，更不是你們政府中的人，我們是中國人，和你們的首領會見了之後，對你們有莫大的好處！」

那四個人竊竊私議了一會，其中一個，發射了一枚信號彈。沒有多久，另一艘快艇，駛了過來，站在船頭上的，竟是一個白種人，事後，我才知道那是一個美國流氓，叫作李根，他在馬尼拉犯了搶劫罪，被通緝得緊，才躲到這裏來的，在胡克黨中，很有地位。

當時，那艘快艇向我們駛近之後，那美國流氓以十分傲然的神氣，向我們兩人打量着，同時，聽取那四個人的報告。等那四個人講完，美國流氓道：

「中國人，想要幹什麼？」我冷冷地道：「想要見你們的首領。」那美國流氓道：「我就是，有什麼事情，對我說好了！」

本來，我也不能確定李根的話，是不是真的，因為快艇主人曾經告訴過我，胡克黨的首領，叫里加度，乃是菲律賓人，但當然也可能起了變化。但是當我看到那四個菲律賓人，面上各有怒容之際，我便知道那美國流氓，正在自抬身分——這是美國人的「嗜好」！

我冷笑一聲，道：「你是首領？那麼對不起得很，我們來這裏，不是要見首領，而只是見里加度。」

我的話才一出口，那四個菲律賓人便高聲歡呼起來，叫道：「里加度！里加度！」我看得出，里加度在胡克黨黨徒之中，一定極得人心。

李根的態度，十分狼狽，但流氓究竟是流氓，虧得他面皮厚，又哈哈一笑，道：「不錯，你們要見的，就是首領，請跟我來！」

我們看出他眼中，兇光畢露，已將我們當作敵人。

我和宋堅低聲道：「宋大哥，要小心這個有着二百磅肌肉的兇徒。」

宋堅聳了聳肩，道：「放心！」當然，明槍我們是不怕的，但怕就怕這美國流氓，暗箭傷人。

當下，由那個美國流氓帶頭，另外四艘快艇，圍在我們周圍，向前駛去。沒有過了多久，便到了一個碼頭之旁。

這個碼頭，當然也是日軍的遺留物，從碼頭向內，還有一條公路，公路的兩旁，蹲滿了人。

那些蹲在公路兩旁的人，簡直是天下罪犯形象的大本營，各種兇惡的臉譜都有，若不是我和宋堅兩人，都有兩下子，只怕見到了他們這些兇徒，便雙腳發軟了。在跨上岸去之前，我以鄉下話叫道：「紅紅，你千萬躲在艙中，不可出來，夜晚不能亮燈，如果你發現有什麼異動，便立即開船衝出去，他們追不上你的，你聽到了，不要回答。」

紅紅顯得十分機警，她當然聽到了我的話，卻果然未出聲回答。

我們上了岸，李根仍在前面帶路，路旁的兇徒，都以惡狠狠的眼光，看着我們，我忽然看到，李根向路旁另外兩個白種人，做了一下手勢，又以大拇指向後，向我和宋堅兩人，指了一指。

那兩個白種人立即懶洋洋地站了起來，大拇指插在褲袋中，吊兒郎當地來到了我們的面前，口中不斷地嚼着一些草葉，那種情形，只使我想起一條癩皮狗。

他們兩個人，分明是在李根的示意下，準備向我們兩人挑釁！

我和宋堅，交換了一個會心的微笑，裝着沒有看到一樣，仍是向前走着，那兩個人——大概也是美國人——聳着脅頭，跟在我們後面，其中一個忽然道：「中國畜生！」我倏地轉過身來，道：「你說誰？」

那美國人一聲大喝，道：「說你！」

他一面說，一面右拳已經向我的面門，「呼」的揮了過來！我向旁一側，他的拳頭，在我臉旁擦過，而我一伸手間，已經在他肘部麻筋上，彈了一下。那一下，令得他手臂，軟垂不起，而不等他再起左拳，我已老實不客氣，先是一下右上掌，擊中了他的下頷，立即又是一下左鉤拳，擊中了他的面頰！

這兩下，雖是西洋拳法，但在練過中國武術的人使來，力道自然分外強大，那人怪叫連聲，向外跌了下去，連爬都爬不起來。

另外一個一見情形不妙，「啪」的一聲，彈出了一柄足有尺許長短的彈簧刀，向前一送，便刺向宋堅的肚子。宋堅吸了一口氣，整個肚子，都縮了起來，美國人一刀，勢子使盡，刀尖貼在宋堅的衣服之上，但宋堅卻一點也未曾受傷！

那美國人呆了一呆，宋堅早已一伸手，在他脈門上抓了一下，將彈簧刀劈手奪了過來，老實不客氣，反手一刀，刺進了那美國人的肚子之中！

那美國人捧着肚子，張大了眼睛，像是不相信這是事實一樣，向後不斷地退去，終於倒在路上！

宋堅不是嗜殺之人，他一出手，便以這樣嚴厲的手段對付那美國人，是有其原因的。

一則，當然是那美國人先要取他的性命之故；二則，我將另一個擊倒在地，許多菲律賓胡克黨黨徒，都在高聲呼嘯。由此可知那些美國人，多半作威作福，屬於「醜陋的」一類，殺了他，可以使得一些平時受氣的胡克黨黨徒，同情我們，便利我們行事。

在兩人相繼受傷之後，李根的面色，難看到了極點，望着我們，躍躍欲試，我冷笑道：「你倒在路邊，我們一樣可以找到帶我們去見里加度的人！」

第十五部

胡克黨的大本營

李根一聲怪叫，踏前一步，便向我撲了過來，我看出他西洋拳的根底很好，不擬和他正面相敵，身子一閃，閃到了他的背後，一腳踢出，正踢在他的屁股上，李根被我這一腳，足足踢出了七、八步遠，重重摔在地上！

李根倒地之後，居然立即翻過身來，同時，手上已握着一柄手槍，可是，我也早已料到這一點了。不等李根扳動槍機，我左腳又已飛踢了起來。

那一腳，擦地而過，將地下的砂石，一起揚了起來，向李根飛了過去，李根的視線被遮，盲目放了三槍，有兩個胡克黨黨徒中了流彈，我則早已一躍向前，伸足踏住了他的手腕，而在踏住他的手腕之後，足底向後一拖，李根大聲怪叫起來，將他腕骨折斷之聲，都遮了過去！

而其時，因為另有兩個胡克黨黨徒中了流彈，所以秩序大亂，有的向天放槍，有的高聲大叫，我和宋堅，唯恐胡克黨黨徒，趁機向我們進攻，都向路邊跑去，躍下了路旁的深溝之中。

我們伏在溝中，探頭向上望去，卻並不見有人向我們追來，而且有人向我們指點，我們正在不知如何是好之際，只聽得一陣汽車喇叭響，塵頭起處，一輛十分殘舊的吉普車，駛了過來，吉普車一出現，人聲頓時靜了下來，車子來到我們不遠處停下。

我們兩人，定睛看去，只見車上，共有五個人，除了司機之外，乃是四個菲律賓壯漢，每一個都像是水牛一樣。而在這四個壯漢當中，則是一個穿着十分整齊的菲律賓人。

因為所有的胡克黨黨徒，全都是衣服破爛，滿身煙漬酒味，所以這個人衣服整潔，看來便十分惹眼。他約莫一七〇公分上下，身量並不是太高，四十上下年紀，膚色十分黝黑，車子一停，便沉聲喝道：「什麼事？」

一個胡克黨黨徒，向我們藏身之處指來。我們知道那人一定是里加度了，便自深溝之中一躍而起，我才一躍起，便道：「里加度先生？」

那人的面上，略現出了訝異之色，向躺在地上呻吟，已然瀕死的美國流氓指了一指，道：「你們的傑作？」

我尚未回答，已有人叫道：「美國人先挑釁的！」

里加度皮笑肉不笑地牽了一下嘴角，道：「你們來做什麼？」他一面說，一面旋頭四顧，使了幾個眼色，只見他車上四個大漢，已一躍而下。同時，在場的胡克黨黨徒也靜靜地移動着，片刻之間，已成了隱隱將我們圍住之勢。

同時，又已有人將那三個美國人，扶的扶，抬的抬，弄了開去。

我一見這等情形，便知里加度是大有才能的人。胡克黨黨徒，乃是各地的不法份子所組織的，但里加度連聲都未曾出，只是使了幾個眼色，裝了一下手勢，便已能指揮這些無惡不作的歹徒，可知他在胡克黨黨徒之中，享有極高的威信。

我略想了一想，道：「有一件事，只要你肯合作，對你們，對我們，都十分有利。」

里加度的嘴角，又欠了一下，道：「有利到什麼程度？」

我將手一伸，向所有的人，指了一指，道：「有利到可以令得你們每一個人，都到巴黎去渡一次假期！」

里加度凝視着我，道：「上車來。」

我和宋堅兩人，離他的吉普車，本來有丈許遠近，但我們兩人，存心賣弄，身形一縱間，已經縱上了車子，里加度像是吃了一驚，那四個大漢，也已躍上了車子，吉普車向前飛馳而出。

一路上，可以看到許多水泥的「房子」——那其實不是房子，只不過是雕堡或是倉庫，但如今都用來作房子了。

駛出了約莫十來里，公路便到了盡頭，島上山巒起伏，那條公路，當年一定也費了不少心血才造成的。盡頭處乃是一個小山谷，四面青峯圍繞，十分幽靜，在山谷正中，有着一座大建築物，也是水泥的，可能是一所大倉庫。在車上，里加度一句話也沒有和我們講過，車子一停，他才道：「到了。」

車上的四個大漢，先躍了下車，我們和里加度也跟着下車，向那坐大倉庫走了進去，水泥的建築物，另有一股陰森森的氣象，再加上燈光，昏黃不明，更令得人感到，十分不妙。

我不僅要擔心我們和里加度談判的結果，而且，還要耽心躲在船艙中的紅紅。我們進了一間兩丈見方的房間，房間中的陳設，出乎我的意料之外，十分豪華，但是我卻也注意到，精緻的酒瓶，大多數是空的，而里加度開了銀質的煙盒，雪茄煙也沒有多少支了！

我們都坐定之後，那四個大漢，兩個守在門口，另外兩個，站在我們的背後，那當然不是保護我們，而是為了防止我們有什麼異動。

我們還未開口，里加度已經道：「合作可是武裝走私麼？」

我笑了起來，道：「放心，什麼風險也沒有，絕不用和政府衝突，就可以坐享其成。」里加度臉色一沉，道：「先生們，我是一個沒有幽默感的人。」

我立即道：「先生，不需要你有幽默感，因為你有運氣，這個島上，有着巨量的財富，被埋藏在某一地點。」

里加度聳然動容，道：「財富的數字之大，值得使你們冒這樣的奇險？」

我道：「財富的數字之大，會使你將我們當作最好的朋友看待。」

里加度像是十分欣賞我和他針鋒相對的對白，哈哈笑了起來。但笑了幾下，卻又突然停止，道：「藏在什麼地方？」

我向宋堅點了點頭，宋堅便將那二十五塊鋼板，取了出來，我則將七幫十八會當年集中這筆財富的經過，向里加度簡略地說了一遍。

里加度像是聽得十分有趣，宋堅已將二十五塊鋼板拼好，里加度仔細地看了一會，道：「準確的地點，是要靠後面的字句麼？」

我已經將後面那幾句不可解釋的話，翻譯給里加度聽，當時我道：「我想是如此。」里加度在室中，翻來覆去，踱了好一會，面上忽然現出了欣喜之色。

我道：「里加度先生，可是你對我這幾句不可解的話，有了什麼概念？」

里加度道：「沒有，沒有。但既然在這個島上，一定可以找得到的，不論那筆財富是多少，由我來分配。」他一面說，一面將雙手按在桌上，上身俯衝，像是要將我們，吃了下去一樣！

我以十分冷靜的語調道：「不，一人一半。」

里加度再道：「由我分配。」

我仍然道：「不，一人一半！」

里加度冷笑道：「這裏是誰說話？」

我冷冷地道：「沒有我們，你不可能找得到這筆財富，一人一半，才是公平的辦法。」

里加度道：「胡克黨黨徒從來不講公平。」

我立即道：「好，那就我們佔七分。你佔三分！」

里加度呆了一呆，突然縱聲大笑起來。宋堅向我望一眼，似乎怪我出言似太過分。

我自己也知道這一點，但我卻是故意的。

因為，和里加度領導的胡克黨黨徒開談判，本來只是一種手段，一切全為達到我們可以在島上尋找這筆財富的目的而來，如果談判進行十分順利的話，那倒反而違背了原來的意思了！

里加度笑了一片刻，道：「那麼，我們之間的距離，實在太遠了！」

我點了點頭，道：「不錯，如果這種情形不改變的話，談判便難以進行下去了。」

里加度道：「那麼，你們準備加入我們麼？」

我自然聽得出他的意思，是說如果我們不順從他意思的話，就別想離開這兒。

當然，我更知道，如果我們真的和里加度談判的話，其結果也一樣的會死在他的手中，因為他絕不會讓任何秘密，落在外人手中的！

我笑了笑，道：「在胡克黨來說，一點也算不了什麼，但在你來說，我們死了，你卻損失了一個可以成為世界上第一流富翁的機會！」

里加度聽了我的話之後，眼中閃耀着貪婪的光芒，簡直像是一頭南美洲黑豹一樣！

沉靜了好一會，他才道：「好，我們明天再談，你們不可亂走。」

我猜不透里加度要拖延時間是什麼用意，但他既然這樣說了，我們自然也只好照做。他話講完之後，便走了出去。

我和宋堅兩人，將那二十五塊鋼板，收了起來，各在一張十分柔軟舒適的沙發上，躺了下來，宋堅道：「我們怎麼辦？」

我道：「到了晚上，我們偷出去，藏匿在山上，我想胡克黨未必找到我們。」

宋堅道：「這是一個好辦法，我們盡可以在山上多住幾天，可是你忘了你的表妹嗎？」

我道：「當然不會，只不過我雖然不知道她是怎樣和宋富合作將鋼板盜走的，而她居然能做出這樣的事來，那快艇上又有暗室，食物也很多，大約半個月的藏匿，總是沒有問題的。」

宋堅搖了搖頭，道：「但願如此。」

我道：「除了希望這樣之外，我們實是毫無辦法，因為我們絕不能去通知她的。」

宋堅歎了一口氣，道：「早知這樣，我們該將白老大特製的手槍，留下一柄給她！」宋堅的話，猛地提醒了我！

因為，我記得，在那快艇之上，有一具十分優良的無線電的收發機，而白老大的近距離對話器，顯然也是根據無線電的收發機原理而製成，如果我們發出的波長，快艇上的無線電機，可以收得到，而又能引起紅紅的注意的話，那麼，我們就可以和她通話了。

我一想到這點，連忙取出那柄「手槍」來，調整着收音機部份的裝置。

當然，我也沒有十分把握，我只是不斷地掉換着不同的波長，同時，不斷地叫着和聽聽是否有紅紅的回音。約莫過了一個小時多，紅紅的聲音，果然傳了過來，道：「表哥，是你嗎？」

我歡喜得幾乎跳了起來，道：「紅紅，你聽得到我的聲音？」紅紅道：「自然，有什麼事？」

我道：「紅紅，你現在怎麼樣？」

紅紅道：「聽你的話，關在暗室中，悶死了！」

我道：「好，紅紅，我們可能半個月，或則更長久不來看你，你千萬要小心。」

紅紅道：「我不幹，那太不公平了，叫我在暗室中關半個月，那算什麼？」

我沉聲道：「紅紅，你必須聽我的話！」

紅紅半晌不語，才勉強地道：「好！」

我從來不信任何宗教，但這時，如果有一個神，能夠保佑紅紅是真心聽我的話，那我立即會跪下來，向他膜拜！

我又吩咐了紅紅幾句，才結束了與她的談話。這時候，天色已漸漸地黑下來了，胡克黨一直沒來看我們，門已被鎖上，我們非常飢餓。

可是我們都忍着，等夜深些再打主意。我上面已經説過，我們所在之處，乃是一個倉庫。而那間房間，除了房門之外，並沒有窗戶，但是卻有一個氣窗，氣窗上裝着手指粗細的鐵條。

里加度顯然存心將我們囚禁在這裏的，但是他卻不知道，那十來條手指粗細的鐵條，在我和宋堅的眼中，簡直像是麵粉條一樣。

我們仔細看看那二十五塊鋼板來消磨時間，到了午夜，我又攀上了那個氣窗，向外看去，只見有四條大漢，正在門外守着，在那四條大漢之外，兩個倉庫最大的部分，竟是胡克黨黨徒的集體宿舍！

這時候，至少有一二百人，在外面席地而臥，我們要出去的話，必須在這些人的身旁走過。我將看到的情形，低聲和宋堅説了。宋堅示意我下來，他立即攀上了氣窗，只見他手向外，揚了幾下，門外傳來四下「哧」、「哧」的呼氣之聲。我知道，那四個人，都已被宋堅襲中了穴道。

中國武術之中，最玄妙的，便是以克制穴道來令得敵人血脈，有着短暫時間的不流通，而那一段短暫的刺激，卻可以使敵人至少有一個小時以上的昏迷狀態。我不會這門功夫，宋堅是武術大家。自然會這門功夫的。

只見他回過頭來，向我一笑，雙手連拉了幾下，已將鐵枝拉了開來，輕輕地躍了下去，我也連忙躍出，我們了無聲息地經過了那一、二百個胡克黨黨徒，而且，還順手拿走了兩挺手提機槍。

那四個倒在地上的大漢，眼睜睜地望着我們，卻既不能動，也不能出聲。我們出了倉庫，因為夜已深了，沒有人注意我們的行動，很快的，我們便已經進入了荒山野嶺之中。

也就在這時，我們發現，在一個極高的山頭之上，有着許多強光燈，將那山頭，照耀得如同白晝一樣，燈光之下，有三、四個人，正在山頂上走來走去。

我和宋堅兩人，都未曾將這件事放在心上，我便找到了一個十分隱蔽的山洞，作為存身之所，舒舒服服地睡一覺，第二天一早，忽然被一種隆然之聲所驚醒。

我們一躍而起，出洞循聲看出，只聽得那隆隆之聲，正自昨晚大放光明的山頂傳來。我和宋堅兩人，起先還不知道那是什麼聲音，可是，在以手遮額，仔細一看之後，我們兩人，都不禁吃了一驚！

因為，在那個山頭之上，正有兩架舊式的掘土機在操作着！

我們立即想起了里加度昨晚，與我們爭論到了一半之際，便像是極有把握一樣，不再爭下去而離開。里加度在泰肖爾島上已有多年，如今，胡克黨的經濟情形，十分窘困，當然不會再進行什麼「經濟建設」，那兩架掘土機，極有可能正在挖掘着什麼。如果是的話，那當然是因為他在島上住得久了，所以，在我們看來，顯得難以明白的語句，但是在里加度看來，卻是明顯到了極點，昨夜，那山頭上的燈光，當然是里加度黃夜前來勘察地點了。

我和宋堅兩人，商議了幾句，都認為我們的揣想，離事實不會太遠，同時，我們也知道，必須盡一切力量，去阻止里加度得到這些財富！

因為，這一大筆財富，如果落在里加度的手中，不但我們有負白老大所託，對不起七幫十八會的弟兄，而且，還會給菲律賓，乃至附近一帶的公海，帶來極其嚴重的危害！

我們兩人，立即向那個山頭奔去。當然，我們不敢揀有路的地方走，唯恐被胡克黨黨徒發現，只是在灌木叢、荊棘叢中走着，身上的衣服，不一會就極其污穢破爛了。

我們一路之上，一個人也沒有碰到，到了山頭附近之際，我們更是俯伏着前進，一直來到了山頂，那兩架掘土機之旁，約莫七、八碼近處，伏在草叢之中，向外望去。

只見那兩架掘土機，已經在山頭上，挖出了一個大坑，深約兩公尺，還正在工作着。而那個大坑，是在四塊石碑之旁。

那四塊石碑，都有一丈來高，三尺來寬，在石碑上，刻着四種不同的動物圖案，都是中國傳統式的圖案，乃是鳳、龍、虎、雀，刻工十分渾拙。

我們見到那一樣的四塊石碑，心中已經怦然而動。

再加上那四塊石碑之上的圖案，在眼睛部份，都有一個徑可寸許的圓孔。我們立即想起二十五塊鋼板上所鑄的字來：「白鳳之眼，朱雀之眼，白虎之眼，青龍之眼，共透金芒，維我弟兄，得登顛毫……」

那「白鳳之眼」等一連四句，最難解釋的話，在這山頭上，已經得到了解釋！也就是說，里加度在昨晚，便已經知道了！

我和宋堅兩人，心中實是十分焦急，我們望了一眼，決不定該怎麼才好。因為，山頭上至少有二十個胡克黨黨徒，昨日吃了我們大虧的美國人李根也在內，每個人的手上，都有武器。

里加度站在那個大坑的邊上，向下望去，面上的神色，十分焦急，口中在不斷地詛罵，李根在他身邊大聲道：「首領，我們上了那兩個中國人的當了！」

里加度面色一沉，道：「你知道什麼？」

李根碰了一個釘子，沒有再出聲，里加度仍是催那兩個操縱掘土機的人，加緊工作。我們見了這等情形，知道里加度暫時還未曾得到那筆財富，不禁鬆了一口氣。

宋堅滿面怒容，低聲道：「衛兄弟，里加度既然已找到正確的地點，這樣掘下去，總有掘到的時候，這怎麼是好？」

我的心中，也是一樣焦急，額上甚至滲出了汗珠，道：「宋大哥，你用

『滿天灑金錢』的手法，可以一下子擊倒多少人？」

宋堅想了片刻，道：「盡我最大的能力，可以傷十個人，但如今他們站得那麼散，只怕不行。」我輕輕地歎了一口氣，忽然聽得里加度一聲歡呼！

我們兩人，心中大為緊張，只當里加度已然有所發現，只見兩個人跳下坑去，不一會，卻拉起一塊大石來，里加度的面色，更加難看，顯然，他剛才以為他已有所獲了。我們繼續地看着，直到日頭正中，里加度的臉上，也全是汗。

而那個土坑，已接近四公尺深，舊式掘土機鐵臂的伸縮性能，並不是太高，到了那個程度，已沒有法子再掘下去，里加度狠狠地揮了揮手，吩咐停了下來。

他自己則將挾在脅下的一塊木板，放在地上，又出神地觀看起來。

我和宋堅兩人。也一起向那塊木板看去。

我們隔得雖然遠，但卻也看得十分清楚，只見那木板上，釘着一張白紙，紙上是這山頭的一個平面圖，四塊石碑的方位，在這張平面圖上，佔着最主要的地位。

那四塊石碑，本來就十分古怪，既不是整齊地排列，也不是圍成一個四方形，而是東一塊，西一塊，有的南北向，有的東西向，一點規則也沒有。平面圖上的情形，也是如此。

而我們看到，在平面圖上，里加度在四塊石碑之間，拉了兩條對角線，他所掘挖的地方，正是對角線的中點，我和宋堅兩人看了，也認為這是準確的埋藏地點，我們希望里加度半途而廢，再由我們來挖掘。

里加度看了一會，命駕駛掘土機的人將掘土機向後退去，接着，便令十來個人，跳入了土坑之中，分明他是準備繼續挖下去，其餘的人，留在土坑邊上，將土坑中拋出來的泥土，拋向遠處。

本來站在山頭之上，約有二十來人，如今，有十五六人投入了工作，而且，有一大半，還是身在土坑之中的，我向宋堅，使了一個眼色，道：「宋大哥，擒賊擒王，我看里加度十分得胡克黨黨徒的愛戴，如果我們將他制住，可望以少勝多！」

宋堅點了點頭，雙手在地上摸索着，不一會，便抓了兩把有尖銳稜角的小石子在手，只見他面上的神色，緊張之極，雙臂臂骨，也在「格格格」地作聲，約莫過了三五分鐘，只見他的身形，陡地站起，雙臂猛地一揚，十餘枚小石子，已經激射而出！

我也在他小石子才一發出之際，一躍而出，着地便滾，滾到了里加度的身旁。

宋堅的小石子，擊倒了六個胡克黨黨徒，還有兩個，立即就放起槍來，子彈呼嘯而過，驚心動魄，但在那片刻之間，我已經滾到了里加度的腳下，手一伸，握住了他的腳踝，用力一抖，「叭」的一聲，將他硬生生地抖得跌在地上！

里加度大聲怪叫了起來，在土坑中工作的胡克黨黨徒，也一起躍了出來。可是，在那片刻間，里加度已被我壓在身下，而他的佩槍，也被我奪了過來，正指着他的太陽穴。

我首先去看宋堅，但見宋堅也跌倒在地，左腿上一片殷紅，我一見這等情形，心中不禁大吃一驚，因為這時候，只有我和宋堅兩人，孤軍作戰，敵人又如此兇惡，兩個人已是十分危險，如果一個人受了傷，那真是不堪設想之事！

可是宋堅卻真的已受傷了，他雙手按地，想要站了起來，而未能成功，向我苦笑了一下，道：「還好是射中了大腿！」

我知道這時候，絕不是猶豫不決，或是表示驚惶的時候，因此，我連忙揚起頭來，以呂宋土語道：「誰想讓里加度喪生的？」

沒有人出聲，我又問了一遍，仍是沒有人出聲，我道：「那麼，你們都得聽我的命令，誰也別動！」

我的話才一出口，突然聽得宋堅一聲叱喝，我連忙回頭看時，只見李根正迅速的向山下跑去！

我要制住里加度，宋堅已受了傷，我們兩個人，都沒有法子去追他。我心中不禁大是着急，我制住了里加度，菲律賓人對里加度崇拜，自然會明白我的吩咐，但是那美國流氓，會做出什麼事來呢？

我們眼睜睜地望着那美國流氓，連滾帶跑地向山下竄去，一時之間，也無法應付，轉瞬間即沒入了草叢之中，看不到了。

這時候，已經可以聽得山下，傳來了胡克黨黨徒的鼓噪之聲，我問里加度道：「先生，你應該知道怎麼做法的！」

里加度忙道：「快吩咐山下的人，千萬不要硬衝了上來！」

立即有兩個人，站在山頭邊上。向下面大聲呼叫，令下面的人，不可衝了上來，以危及首頭的安全。我又道：「吩咐你的手下，繼續阻攔，放下武器。」

里加度的眼中，充滿了怒火。可是一個人不論他心中的怒意，到了什麼程度，也總是不能不對指住了額角的手槍賣賬的。

所以，里加度便照我的話，吩咐了胡克黨黨徒。那些胡克黨黨徒，無可奈何地跳入大坑之中。我將里加度拖着，走了幾步，將一柄手提機槍，向宋堅踢去，宋堅抓在手中，檢查了一遍，便放在身邊。然後，他撕破了褲子，以一柄牛角小刀，將中彈處劃破，撬出彈頭來，再灑上了隨身攜帶止血生肌的傷藥。

在他為自己動這個「外科手術」之際，血流如注，慘不忍睹。但是宋堅卻只是額上，冷汗直淋，連哼都未曾哼一聲。等到宋堅將傷口包好之後，才聽得有幾個胡克黨黨徒大聲道：「好！好漢！」

宋堅仍是臥在地上，提着手提機槍，我拖着里加度，來到了坑邊，向下望去。山頭上的泥土，土是紅土，挖得深了，樹根盤繞，十分難以挖掘，這時，已有十多尺深，可是卻還一點頭緒也沒有。

我心中大是擔心，因為我們雖然制住了里加度，但如果得不到財物，卻是一點用處也沒有！宋堅又受了傷，連能否撤退都成問題！

我環顧周圍的形勢，將里加度拖到了宋堅的旁邊，道：「宋大哥，你看怎樣辦？」

宋堅道：「如果有什麼變化，我們只有信任在山頂上的胡克黨黨徒了！」宋堅的話剛說完，突然聽得山頭之下，響起了陣陣吶喊，而且，還夾雜着零星的槍聲。

我們正不知道山下面發生了什麼變化，忽然又聽得下面山頭上傳來擴音機的聲音，那是李根的聲音，只聽得他大聲叫道：「我們的首領，在山上被困，大家快點衝上去！」宋堅的面色一變，我也心中暗自吃驚，道：「里加度先生，聽到了沒有？」

里加度的面色，也十分難看，他是聰明人，當然知道眼前的形勢，對他來說，十分不利！

李根在山下，利用了「拯救首領」的名義，煽動胡克黨黨徒衝上山來，那只不過是說來好聽而已，骨子上，李根分明是要藉此機會，制里加度於死地，他便可以取里加度的地位而代之了！

李根的聲音，傳了上來之後，只聽得山下的吶喊之聲，愈來愈是喧嘩，由上而下看來，已經隱隱地可以看到有人，湧了上來，而且，槍聲也更具密集了！

我又道：「里加度先生，你要為你自己的生命地位而戰了！」

里加度的面色，十分難看，呆了半晌，道：「請你鬆手。」

我道：「要我放手可以，至少要你認為我們如今，是同一陣線的！」

里加度點了點頭。

我自然看得出，他點頭點得十分勉強。

但是，在如今這樣的情形下，他實是不能不和我們合作！因為，山下的胡克黨，在李根煽動之下，衝上山來之後，實在是什麼事情都做得出來的。

而且，他當然更要防到，我們在憤怒之下，會和他同歸於盡！

同樣的，我也知道我們的處境十分危險。因為里加度可能根本不理會他本身的安危，而胡來一通，我放開他，並允許他武裝在山頂的胡克黨黨徒，根本也是一種冒險之極的行動！

但當時，根本沒有多餘的時間給我們去考慮，我一鬆放了里加度，里加度疾奔到挖出來的大坑之中，跳了下去。

這時候，已經有子彈呼嘯着在山頭之上掠過，約莫有四、五十個胡克黨黨徒已經衝到半山了！

里加度在土坑中，大聲指揮着，我也早已來到了他的背後，監視着他。里加度命在山頂的胡克黨黨徒，去取槍械，同時，他大聲叫道：「別信美國人的話，我什麼事也沒有。」

可是，李根的聲音，又響了起來，道：「我們的首領，落在敵人的手中，言不由衷，若是任由首領受人挾持，胡克黨還能活動麼？」

隨着他的大叫之聲，陣陣的吶喊聲，越傳越近，我將宋堅，也拉到了土坑之中。

那個大坑，竟成了一個現成的工事，有一個胡克黨黨徒，忽然跳出土坑，道：「我們沒有受挾制！」但是，他才講了一句，一顆子彈呼嘯而過，他立即跌倒在地！

里加度見到了這樣的情形，面色更為難看。只見他慢慢地舉起手來，嘴唇哆嗦着，忽然，手猛地向下一揮，狂叫道：「反擊！」

那十來個伏在土坑邊上的胡克黨份子，立即開火，子彈橫飛，吶喊連天，戰況之激烈，實是不下於正式的爭奪戰！

里加度所率領的人雖然少，但是那幾個人，顯然都是胡克黨中的精銳分子，槍法十分準，好幾十個衝上來的胡克黨黨徒，都屍橫山坡！

我和宋堅兩人，呆了片刻，我躍了起來，也伏在土坑邊上，向山下大叫道：「里加度很好在山上，你們別上了美國人的當，如果你們不信，不妨高舉武器，上來有個究竟！」

槍聲和吶喊聲，雖然仍是十分震耳，但是我相信我的呼喝之聲，在山下的胡克黨黨徒，是一定可以聽得到的，突然，我的話才一出口不多久。只聽得山腳下，傳來了李根的大聲呼叱，和胡克黨黨徒的吵罵聲，槍聲反倒漸漸地靜了下來。我取起了一枝槍，問里加度道：「里加度先生，你覺不覺得，如果李根不死，局面便難以控制？」

里加度點了點頭，道：「確是如此。」

我道：「如果我在山上射擊，將李根射死的話，那你準備怎樣報答我們呢？」

里加度面上的神色，似不十分相信，他將頭向山下看了看，山下密密麻麻的是人，雖然可以看得出李根正在跳東跳西地尋人，但是和他相距，足有一百多碼的距離，要射擊中的，確非易事！

里加度看了一會之後，道：「你能夠辦得到嗎？」

我笑了一下，道：「我可以試一試，如果成功了，又怎麼樣？」

里加度「哼」的一聲，道：「先生，你可曾注意到，只要你一露出頭去，你自己首先成了射擊的目標，李根是出名的『神槍手！』」

我立即答道：「當然，你要射擊別人，你也就同樣地會成為人家射擊的目標，這才是公平地競爭。我如果死了，你可以減少一個敵人，——雖然在目前來說，我算是你朋友——如果李根死了，那麼你就控制整個局面，不怕煽動了！」

里加度又想了片刻，道：「好的，如果你做得到這一點，發掘這筆財富的事，按照你原來的提議，我們雙方面，一人一半。」

我回頭望了望宋堅，宋堅的面色，十分嚴肅，只是道：「衛兄弟，小心！」

我吸了一口氣，提着那柄槍，慢慢地向坑外面爬去，到了土坑邊上，我停了一停。

這時候，雙方並沒有駁火，只是山下傳來李根和幾個胡克黨黨徒的吵鬧聲，山上顯得十分寂靜。里加度和胡克黨黨徒，都以異樣的眼光看着我，我知道他們心中在奇怪，何以我竟會不怕自己首先成為他人的射擊目標？

因為，我探出頭去，要找尋李根，必然要花費上幾分鐘的時間，而在幾分鐘的時間之內，別人是可以向我發上十七、八槍了，看來，這是我完全佔於劣勢的爭鬥！

我不是不明白這一點。可是眼前的情勢，卻逼得我要這樣做。

因為，如果李根不除去，胡克黨黨徒的情緒，得不到平定的話，我們的處境，極其危險。李根一死，事情便好辦得多了！

當時，我和宋堅兩人，都是如此想法的，所以我才願意去冒這個險，但是以後事情的發展，卻證明我們兩人都錯了。當然，「這是後話，表過不提」。

我在土坑邊上，略停了一停，慢慢地探出頭來，向外面望去，我只露出了兩隻眼睛，「砰」的一聲呼嘯，一顆子彈已經在我的頭頂擦過，我的頭皮上，幾乎也可以感到子彈的灼熱！

我連忙縮回頭來，在我面前的鬆土，又因為兩顆子彈的衝擊，而飛揚起來，撒得我一頭一臉，都是泥土！

我定了定神，只聽得李根在下大叫道：「你們說里加度沒有受人控制，那麼，他為什麼不現身出來？為什麼？」

李根的話才停，便聽得聚集在山下的胡克黨黨徒，大聲叫道：「里加度！里加度！」我心知這時候，如果里加度敢以大着膽子，跳上土坑，在山頭上現一現身的話，只怕李根便無所施其技了。

但是，當我回頭去看里加度時，卻見他面色發青，身子在微微發顫。

我立即道：「里加度，為什麼不出去讓部下看一看？」

里加度道：「剛才你已經領教了李根的槍法了？」

我冷冷地道：「李根未必有那麼大膽，敢以當眾射擊你！」

里加度搖了搖頭，道：「我們剛才的協定還有效是不是？」

我心中暗罵一聲：「膽小鬼！」當我在心中暗罵他為「膽小鬼」之際，我的確未曾料到，他除了膽小鬼之外，還是一個奸詐已極的小人！

山下的「里加度」、「里加度」的呼聲，愈來愈高，但是卻又漸漸地靜了下來，分明是胡克黨黨徒對於他們首領遲遲不出現一事，感到了失望。

我以手扒開面前的積土，動作極其緩慢，使得在山頭下看來，一點也看不出，我費了約莫三分鐘，已在面前，撥開了一個孔，湊在這個孔中，我看到李根正帶着百餘人，向山頭一步一步地逼近！

我連忙揚起了手上的槍，但是，我的動作卻太以急切了些，在我揚起槍之際，槍管露出了掩蔽的積土之外！

而就在那一剎間，只聽得一聲槍響，我手腕感到了一陣劇烈的震動，我立即一縮手時，我手中的槍管，已經被射去了半截！

李根的槍法，如此神乎其技，當真是駭人聽聞！

這時候，絕不容許我有多餘時間猶豫，我拋去了手中的壞槍，喝道：「再給我槍！」

一個胡克黨黨徒，又拋了一柄槍給我。

我從土孔中向下望去，李根離我，愈來愈近，只有六七十碼了！而且，他非常聰明，雖然是他帶着人來衝陣，但是卻另有三個人，在他的面前，成一字形，將他那身子，緊緊地遮住。

在三個人中，有兩個是白人，還有一個，看樣子像是印度人。胡克黨黨徒本是國際罪犯的避難所，其中有一個印度人，也不覺得奇怪。

這種情形，對於我要擊中李根，增加了困難，但是也證明了只要我將李根擊倒，局面便可以如我所料，不致再有困境了！

我這次加倍小心，將槍管從我撥出的泥土孔中，伸了出去，同時，又將那孔撥大一些，以便我可以看到射擊的目標。

就在我將土孔撥大些的時候，積土十分鬆軟，動了一下，李根已舉起槍來，向我射擊！

他一舉起槍來，本來遮在他面前的兩個人，自然不得不分了開來，我捕捉了這一閃即逝的時機，扳動了槍機！兩下槍聲，幾乎是同時發生的，我一扳動了槍機，立即身子向後一仰。

而我尚未跌下土坑的時候，一大堆泥土，已向我壓了下來。

那堆泥土，顯然是被李根的一槍擊下來的。

那時，我也明白了里加度之所以害怕而不敢露面的原因，因為李根的確想置他於死地，李根當然不可能知道是我向他射擊，他只是一發現山頭上有異動，便立即發槍，不錯過可以殺死里加度的機會而已！

我跌到了土坑中，聞得半山腰上，響起了一陣的吶喊之聲，宋堅緊張地問道：「中了麼？」

我本來對自己的槍法，十分有信心，但是在這樣的情形之下，發出一槍，我卻也不敢十分肯定，是否中的，但是聽半山腰中那種混亂的聲音，我那一槍，可能已經打中了李根，也說不定的。

我一躍而起，又躍上了大坑，向下看去！

一看之下，我不禁一聲歡呼，因為我看到李根倒在血泊之中，胡克黨黨徒，亂哄哄地圍在他的旁邊，我的一槍已將他打倒了！

我連忙道：「里加度，李根死了！」可是，出乎我的意料之外，里加度的聲音，卻並不怎麼歡喜，而且還顯得十分冷淡，道：「你轉過身來。」

從他的語言之中，我已注意到事情發生了必是極不尋常的變化！

我立即轉過身來，不禁倒抽了一口冷氣！

只見一個胡克黨黨徒，手中的槍，正對準了宋堅的腦後！宋堅的面色，十分難看，里加度則浮着一絲奸笑！我一見這等情形，只得一句話也說不出來！

我只當里加度是膽小鬼，但是卻未曾料到他，居然還如此奸詐！他竟由頭至尾地利用着我們兩人，而李根一死，他便立即翻臉不相認了！

里加度冷冷地道：「衛先生，請放下你手中的武器！」我真想送一顆子彈進他的體內！但是，我不能不顧宋堅，因此，我雙手一拋，將手中的槍拋到了土坑之中，道：「里加度先生，人家說你是一個十分能幹的人，如今我才知道，果然如此！」

第十六部

飢渴交加死亡邊緣

里加度命令我轉過身去，宋堅早已被繳了械，里加度走出了土坑，接受他部下的歡呼，儼如是一個大英雄。

而我們則被槍指着，向山頭下走去，不一會，我們便被驅進了一座碉堡之中。

這是一座舊式的機槍碉堡，除了入口處外，便是三個不足一尺見方的機槍射口。我們被驅了進去，厚厚的鐵門立即「砰」地關上！

我首先扶住了宋堅，道：「宋大哥，你沒有事麼？」

宋堅苦笑了一下，道：「是我累了你了，如果不是我受了傷，我們也不會那麼容易被制服！」

我也苦笑了一下，道：「宋大哥，如果說什麼人累了什麼人的話，那是我累了你！因為我居然相信了胡克黨黨徒的話，和里加度訂立了協定！」

宋堅長長地歎了一口氣，不再言語。

我分別在三個機槍射口處向外看去，只見在這座碉堡之外，少說也有十多個人，在來回巡邏守衛着。那顯然是里加度因我們上次輕易走脫，這次便加強防守了。從一個射口處，我可以看到那扇鐵門，在外面加着老粗的大鐵柱。

當然，以我和宋堅兩人的力道，要將那扇鐵門撞開，也不是什麼難事，但是，在撞開鐵門之際，如果要不發出聲，不使人發覺，那卻是絕無可能的事！我看了一會，決定放棄撞門而逃的念頭。

我又看看那三個機槍射口，不足一尺見方，我相信我和宋堅兩人，都沒有法子鑽得出去。而能夠從那麼小的地方鑽出去的，全中國只有一個人，那人姓關，是個老者，他的軟體「縮骨功」已到了爐火純青的地步，能夠將整個身子從一個徑才尺許的鐵圈中穿過去。這位老人家早幾年曾經出國表演過，外國人以為這是「藝術」，其實，這是最正統的中國武術，外國人企圖以所謂「科學」去解釋，是永遠得不到結果的。

宋堅看我望着射口，像是也知道我在想什麼，道：「衛兄弟，我們此際，逃比不逃，更加危險！」

我道：「宋大哥，你難道忘了那位朋友的警告了麼？」

宋堅道：「我自然記得，死得快是福！可是，我們如今卻不會死的。」

我見宋堅講得如此肯定，心中不禁大是驚訝道：「何以見得？」

宋堅道：「我們離開的時候，里加度已在山頭，掘深了約莫一丈。如果那筆財富，是在這個山頭之上話，早該發現了！」

我聽了之後，心中不禁一動，說道：「宋大哥，你可說是，里加度實際上，並未找到正確的地點，所以他仍要利用我們？」

宋堅道：「我的意思正是那樣。」

我道：「那山頭上的四塊石碑上所刻的圖案，正和二十五塊鋼板之後的文字相合，照我看來，里加度所把握的，正是準確的地點！」

宋堅道：「如果是的話，我們就完結了！」

我們兩人，都不出聲。宋堅因為腿傷，所以躺在地上，我則在潮濕悶熱的碉堡之中，來回踱步，不知不覺間，天色已黑了下來。

天一黑，陰濕的碉堡之中，簡直成了蚊蚋的大本營，我們不得不脫下身上所穿的衣服，點火燃燒，以煙來驅逐蚊蚋。

而在這一天來，雖然我和宋堅，都是受過中國武術訓練的人，能夠適應極端艱苦的環境，但是也感到了又飢又渴，以及極度的疲倦。

我也躺了下來，我們兩人，都在設想着里加度是否能發現那筆財富。

在天黑之後的大半小時，忽然聽得有人，向碉堡走了過來，我立即湊向射口，向外看去，只見里加度提着一盞燈，向碉堡走來。

我立即又躺下，低聲道：「里加度來了！」

宋堅也立即低聲道：「他一定是有求而來，我看他未必敢進來與我們相對，他在外面，不論講一些什麼，我們只是不理！」

我道：「不錯，讓他也急上一急，摸不透我們在想些什麼！」

我們說着，便聽得鐵門之上，傳來了兩下撞擊之聲，接着，便是里加度的聲音，道：「怠慢你們了，你們可要食物麼？」

我和宋堅，都不自主地嚥了一下口水，但是我們兩人，卻都不出聲。里加度又乾笑了兩聲，道：「泰肖爾島上，物資十分缺乏，你們一定要有所貢獻，才能夠獲得到食物！」

我和宋堅仍然不出聲。里加度等了一等，又道：「也許你們很高興。因為我未曾找到你們所說的那筆財富。同時，我相信你們一定知道正確的地點，將它來換一餐豐富的晚餐如何？」

他講到此處，頓了一頓，又道：「或許今天晚上，你們不會同意，但是。嘿嘿，再過下兩三天，或者三四天，你們的看法，便會改變了！」我和宋堅，彼此望了一眼。里加度的話，表示他們要使我們捱餓，餓到我們聽從他的命令，和他合作為止！

當然，我們仍不出聲，里加度自顧自地講完話後，便離開了。

宋堅在地上，翻了一個身，道：「衛兄弟，盡可能睡吧，我們還要以堅強的體力來忍受饑餓！」

我苦笑道：「宋大哥，幾天不睡，倒不算什麼，反正蚊蚋擾人，我們何不趁這個時間，來研究一下藏寶的地點？」

宋堅道：「作什麼，用來交換一頓晚餐，然後再被處死麼？」

我搖了搖頭，道：「不，我看我們未必就絕望了，如今研究起來，也可以先作準備。」我特意將語氣，講得十分輕鬆，以調和當時的氣氛。

宋堅道：「我想，我們不在現場的話，當然難以發現事實的真相。還有一點，我可以肯定的，便是四座石碑，有着極其重大的關係，如果里加度已將這四塊石碑毀去的話，恐怕這筆財富，便只有永遠長埋地下了。所以，還是睡吧！」

我又來回踱了一會，才躺了下來，躺下來之後，勉強睡了過去。

第二天早上醒來，我和宋堅兩人的飢渴，都已是十分難以忍受了，向門口外看去，守護着我們的人，正在吃着早餐。看他們所吃的東西，還像是大戰時剩下來的罐頭食品，當然十分粗糙。

但是我這時候看來，已經覺得口角流涎了，我看了一會，又無可奈何地坐了下來。宋堅道：「不必去看了，里加度恐怕就會來了。」

里加度直到中午才來，站在門口，道：「兩位可同意我的交換了？」

我和宋堅一聲號令，我掩到一個機槍射口。斜眼看去，只見里加度又穿了十分整齊的服裝，樣子十分得意，我俯身在地上摸索，想找一枚小石子彈他一下，讓他也多少吃點苦頭。

但是，我尚未找到小石子，宋堅已經伸手，按住了我的手背，向我搖了搖頭，低聲道：「衛兄弟，小不忍則亂大謀！」

我心中對宋堅極強的鎮定，不禁十分佩服。昨天晚上，我故意口氣活潑，實則上這是夜行人的口哨，正表示我心中不安，而宋堅卻竭力主張我睡覺，可知他心中比我鎮定。

如今，我想要彈里加度一下出氣，宋堅又阻止我，那自然更是他老成持重之處。

我縮了手，只見里加度在門外，來回踱了一會，得不到我們的回答，便面含怒容，走了開去。他這一走開，直到第二天中午才來！

在那一天一夜中，我和宋堅兩人，和極度的飢渴鬥爭着。

在我的一生之中，只知有過多少生命繫於一線的驚險經歷，但是又飢又渴，這卻還是第一次！首先，我發覺飢還可以忍受，最難受的是渴。我們將嘴唇貼在潮濕的土地上，後來，又用手挖掘地上，挖到了一尺多深時，就有一點水滲出來，至少暫時可以潤一下唇。接着，便是最難忍的飢餓了！

愈是餓，愈是想起各種各樣的食物來，最不堪的食物，在想像之中，都覺得美味之極。想要竭力不去想食物，卻又想起種種遇險歷難的事來，而且所想的，都是沙漠缺水，礦工被埋在地底，得不到食物這一類事情，愈想愈覺得飢餓。

我們一夜未曾好睡，都盤腿而坐，以靜坐來對抗飢餓。靜坐可以克服心理上任何的煩躁不寧，但是卻難以克服生理上對食物的要求。

當里加度的聲音，再度響起之際，我們兩人的飢火，已經燃燒到了驚人的程度。里加度的「條件」，對我們來說，也具有極大的誘惑力。

但這種誘惑力，卻還未曾大到要我們向里加度屈服的程度。

我們仍是一聲不出，里加度「哈哈」地笑着，道：「明天，明天，先生們，時間會令你們的看法改變的，哈哈！」

他一面說着，一面還傳來陣陣的咀嚼之聲，有一陣烤肉的香味，和入了碉堡之中的潮霉味中，那真是令人心醉的香味！

里加度以這種香味折磨着我們，足足有半個小時，他才大笑着離了開去。但在他離開之前，他卻將一根腿骨，拋了進來，道：「啃啃它吧！」

我怒火中燒，實在忍不住，拾起了狗骨，衝到了機槍射口之前，將那根腿骨，用力向他拋了出去！這時候，里加度離我，只有四五步，那根骨頭，「砰」的一聲，打在他的頭上！

這一下，他受傷顯然不輕，因為，他立即大聲怪叫了起來！

我立即道：「你自己去啃吧！」里加度的回答，是一陣槍聲，槍彈打在碉堡上，濺起了火花和水泥屑，我連忙低下頭來！

里加度怒極的聲音，傳了過來，道：「總有一天，你們會跪在我的腳下，要我賜給你們一根骨頭！」他悻悻然地離去了。

宋堅道：「衛兄弟，這一來，我們的希望又少了。」

我道：「宋大哥，你怪我麼？」

宋堅道：「不，應該這樣！」

我苦笑了一下，這時候，我們已經餓了兩日兩夜了。

這兩日兩夜，和接下來的兩日兩夜相比較，那簡直算不了什麼！

在接下來的那兩天兩夜中，我和宋堅兩人，除了伏在地上，吮吸含着泥質的污水之外，幾乎都一直躺着，一動也不動。

因為我們實在不能再以任何輕微的動作，來消耗自己的精力了。但就算是躺着，胃部的抽搐，針刺也似的痛苦，也是難以忍受。

可是，胃部的生理上的痛苦，和心理上要求進食的慾望比起來，又算不了什麼，我從來也未曾想過我自己竟會那樣地貪食，而世上又有着那麼多美好的食物，我甚至想到了我書桌上的那一瓶漿糊，那種酸撲撲的氣味，這時候在我的想像之中，也是十分甜美的。

在第四天晚上，我和宋堅兩人，已經餓了五天五夜了，因為我們在被囚禁之前，根本已有一天一夜未曾進食了。因為我和宋堅，都有着中國武術的根底，所以所受儘管痛苦，但卻還未到奄奄一息的境地，相信換了普通人，只怕早已不能再支持了。

當天晚上，只聽得里加度的呼聲，又自遠而近，傳了過來。

宋堅低聲道：「衛兄弟，我們這樣下去，不是辦法，只是坐以待斃，餓死兩個人，對胡克黨黨徒來説，根本不算是怎麼一回事。」

我想了一想，道：「宋大哥，你説里加度相信不相信我們的話，有關那筆財富的故事?」宋堅道:「自然相信,不然他何必立即動手挖掘?」

我道:「這就是了,里加度想得到寶藏,便不會將我們餓死的。我們只有拚下去!」

宋堅緩緩地點了點頭。我們正在說着,里加度的聲音,已經在門口響起,只聽得他哈哈笑道:「兩位曾聽到過曼克頓島上那塊地產的故事?」

我和宋堅互望了一眼,不知道他突然這樣說法,是什麼意思。

里加度顯然也並不等候我們的回答,立即又道:「紐約曼哈頓區的地皮,是全世界最貴的,有一個人,在中心地點,有着一塊小地皮,兩旁的人都爭着向他買,價錢愈來愈高,但是那個人卻不賣!」

他講到此處,頓了一頓,我和宋堅,仍然不知道他是什麼用意。

只聽得里加度的聲音,愈來愈是得意,道:「結果,人家放棄了購買的要求,在那一小塊地皮的附近,造起了七八十層的高樓,那一塊地皮,正在中間,成了廢物,結果,只好造一間廁所,價格曾抬到六百萬美金的地皮,造了一間廁所,哈哈!」

我吸了一口氣，里加度說道：「兩位，你們也是一樣，現在，我已用不到你們了！」

宋堅向我望了一眼，我實在忍不住，道：「沒有我們，你根本找不到寶藏，而且，你根本餓不死我們，我們有飢餓丸，可以在這裏，和你支持一年以上！」

我在講那幾句話的時候，一面在忍不住大吞口水！

里加度在碉堡之外，哈哈大笑，道：「開門！」我們兩人，都為之一愕，只聽得開鎖聲，扯鍊聲，門被打了開來。

站在門外，是趾高氣揚的里加度，在他旁邊，是兩個胡克黨黨徒，各自以槍指住了我們，里加度喝道：「站起來，高舉雙手，我帶你們先參觀一件工作的進行！」

我和宋堅兩人，心中都充滿了疑惑，不知道他在葫蘆之中，賣的是什麼藥。根據他的神情來看，他像是對一切，都佔着絕對的優勢，可以毫無顧慮的行事一樣，在這樣的情形下，如果我們希望暫時保持生命，以圖在絕境之中，再來掙扎，唯一的辦法便是乖乖地聽從里加度的吩咐行事！

我們假裝軟弱無力地站了起來，連手也舉不直，身形歪斜，向碉堡外走去！

我和宋堅，都有着同一的目的，那就是想在一出碉堡之際，便出其不意，將里加度制住！

但是，里加度卻像是已經知道我們兩人的厲害一樣，雖然我們裝出虛弱不堪的樣子，但我們尚未走出門，里加度便向外退了出去，喝道：「向前面走。」

我望着宋堅，苦笑了一下。只得向前面走去。

身後，里加度和幾個胡克黨黨徒跟着，當然，有好幾支槍指着我們，一有異動，我們立即可以成為「黃蜂巢」！我在走出了小半里之後舉，道：「我們要到什麼地方去？」

里加度陰惻惻一笑，道：「到有四塊石碑的山頭上去！」

我道：「我們長久未曾進食，支持不到那麼遠。」

里加度冷笑一聲，道：「放心，你們兩人，都受過特殊訓練，已有人報告過我了，快走！」

我聽了里加度的話，心中又不禁大吃了一驚。

因為根據里加度的話聽來，好像是除了我們以外，又另外有人，和他取得了聯絡，所以他才不用我們來指點藏寶的地點了。

老實說，到今天為止，我們還能夠活着，那完全是靠了里加度有求於我們。如果里加度覺得我們兩人，已經一無用處的話，那就是死無葬身之地！

我心中吃驚，面色也為之一變，里加度哈哈大笑，道：「最貴的地產，只好用來造廁所了！」

我沉聲道：「好，那人是誰？」

里加度聳了聳肩，道：「據他說，他在中國秘密會社組織中的地位，比你們兩人高得多，而且，根據傳統，也將是他父親的繼承人，而他父親，則是中國秘密會社的最高人物！」

我一聽之下，不禁失聲道：「白奇偉！」

里加度一笑，道：「正是這個名字，他是昨天晚上到的，我們經過一夜商議，已經決定了他佔一分，我佔九分，準確地點，他已經得到了！」

我和宋堅兩人，聽了里加度的話之後，只得相視苦笑！我們將白奇偉和他們兩個手下，放棄在荒島之上，不知道他又用什麼方法，來到了這裏，而且，還和里加度取得了聯絡。

當然，事情發展下去的結果，誰都可以料得到，那便是藏寶發現之後，白奇偉根本沒有可能得到他的一分，而且還要死在里加度之手。可是當局者迷，白奇偉一定看不到這一點。

白奇偉在如今這樣的緊要關頭出現，對我們來說，實是莫大的威脅！我心中拚命地在想着對策，因為精神太集中，幾乎連致命的飢餓，都暫時忘記了。

可是，我想來想去，我們的生路，只有一條，那便是白奇偉找不到藏寶。只有這樣，我們兩人，才不至於死去！

一路之上，里加度放恣地笑着，約莫走了半個小時，我們便到了那個山頭之上。山頭上的大坑，已經被填平了，那四塊石碑，仍是屹然而立。白奇偉背負雙手，正在來回踱步。

我們一在山頭現身，他只是冷冷地向我們望了一眼，像是根本不認識我們一樣，便向里加度走了過去，道：「里加度先生，這四塊石碑，可曾被移動過麼！」

里加度怔了一怔，道：「沒有這種事，你發現藏寶的正確地點了麼？」

白奇偉道：「如果沒有，我的推論，可以成立，你看，白鳳之眼，朱雀之眼，青龍之眼，白虎之眼，共透金芒——」他才講到此處，里加度已經不耐煩道：「我知道，那是什麼意思？」

白奇偉一躍，來到了一塊石碑附近。

那塊石碑上，刻着是虎形圖案，他向虎眼部位的小孔一指，道：「這便是白虎之眼！」里加度道：「是啊，是白虎之眼，又怎麼樣？」

白奇偉一俯身，拿起放在石碑旁的一隻強烈電筒，並將之打亮，將電筒湊在那小孔上，這時，天色已經十分黑暗，山頭上雖然拉上了電線，燈光通明，但是電筒光從那小孔處透過去，遠遠地投在三十碼開外的一處地方，白奇偉道：「里加度先生，請你在那地方，做一個記號！」

里加度忙命一個胡克黨黨徒，在那團亮光處，插上了一條竹椿。白奇偉身形一變，又來到了那刻有青龍圖形的石碑之前，將電筒湊住龍眼部份的那個小孔之上一照，電筒的光芒，射了開去，一團光華，卻正好照在剛才所插的那根竹椿之上！

里加度發出了一聲歡嘯，道：「是這裏了！」

我和宋堅兩人的心，向下一沉！白奇偉這一次，尋找正確地點的方法，和里加度不同，那竹椿所插的地方，離上次挖掘之處，約有二十多碼的距離，乃是一堆亂石，看來正像是有意堆上去的一樣！

如果，另外兩塊石碑之上的那個小孔，在電筒光透過之際，也是照在那個地點的話，那麼毫無疑問，這裏將是埋藏這筆龐大已極的財富的準確所在地了！

我心中不斷地苦笑，因為，怎麼也料不到，我竟會在這樣的情形下得知這筆財富的準確地點，而財富的出現，卻也造成了我的死因！

我望了望宋堅，只見宋堅的面上，也為之變色！

宋堅本是臨危不亂，何等英雄的人。可是這時候。只要寶物一出現，我們兩人，就萬無生理！而如今，七、八個人以槍指住我們，圍成了一個圓圈，離得我們又遠，我們實無求生的可能！

里加度歡嘯了一聲之後，轉過頭來，道：「兩位，你們看怎麼樣？」

我和宋堅，自然沒有法子出聲。

白奇偉繼續在第三塊、第四塊石碑小孔上，湊近電筒去照射。電筒射出來的光芒，都是落在同一個地方，白奇偉不可一世地，像是一個指揮着幾萬人的將軍一樣，向那地點一指，道：「掘吧！」

里加度一揮手，一陣馬達響，那輛掘土機，又軋軋軋地開了過來。

白奇偉背負雙手，向我們踱了過來，道：「兩位好！」

宋堅冷冷地道：「奇偉，你夢想佔一分，但是里加度卻一文錢都不會給你的！」

白奇偉哈哈一笑，道：「葡萄酸得很，是不是？」

宋堅的面色，難看到了極點，我連忙低聲道：「宋大哥，別惹氣，我們等着瞧！」

白奇偉道：「沒有什麼可瞧的了，你們兩位，除了餵鱷魚之外，還有什麼希望？哈哈！衛斯理，你還有什麼話說？」

我竭力保持心中的冷靜，道：「當然有，希望你能逃避被餵鱷魚的命運！」

白奇偉討了一個沒趣，「哼」的一聲，便向外走開去，里加度則早已全神貫注地在挖掘的地點之旁，我們三人在講些什麼，他根本沒有聽見，我慢慢地轉頭，向四周一看，只見在山頭的所有胡克黨黨徒，連包圍我們的七、八人在內，都望着那架正在工作的掘土機！

我低聲道：「宋大哥，寶物一現，必有一番騷動，我們可以趁此萬一之機，學美國流氓李根那樣，從山頭上滾下去。」

宋堅點了點頭，道：「別多說了，提防洩漏機密。」我知道這一次騷動是否出現，和騷動出現之際，我要滾下山去的企圖能不能成功，實是我們生死存亡之關係，絲毫也大意不得！

掘土機工作，進行得十分迅速，石塊首先被移開，不一會，已經掘出了一個深及兩呎的土坑，也就在此際，發出了「錚」的一聲響，里加度和白奇偉兩人，一齊俯身下去看，我和宋堅兩人，站得遠些，但因為那土坑並不是太深，所以我們也可以看到，有一隻老大的，黑黝黝的大鐵箱，已有一角，露了出來！

剎那之間，山頭靜到了極點！

但是，那種異樣的沉靜，只不過維持了極短的時間，一剎那間，整個山頭上的人，都像是突然瘋狂了一樣，大叫着跳了起來！連圍住我們的七、八個胡克黨黨徒也沒有例外，他們甚至將手中的槍械、拋上半空，狂呼亂叫，跳躍不已，向土坑湧去。

我和宋堅兩人，本來所希望的，只是一陣騷動，可以給我們立即行動的機會而已，但是在如今的情形之下，我們即使大搖大擺地向山下走去，也不會有人來干涉我們的，我們再不猶豫，立即向山下滾了下去。

我們早已看準了地形，滾下的一面，十分平坦，而且，野草豐茂，滾了下去以後，身上並沒有受任何損傷，到了山腳下，喘了喘口氣，立即挖掘了幾枚野生蕃薯之類，連泥都來不及拂乾淨，就狼吞虎咽地吃下去，在每人進食了

七、八枚之後，才有時間相視苦笑！

宋堅歎了一口氣，道：「衛兄弟。這筆財富，落在胡克黨的手中，便追不回來了！」

我想了一想，道：「宋大哥，據于廷文說，這筆財富中，有一部份，是已經成了廢物的紙幣，其餘的，只怕是黃金佔多數，胡克黨黨徒一定要設法運出去，我們還不沒辦法可想！」

宋堅道：「那我們先得設法離開這裏再說！」

這時候，我們兩人的肚中，已沒有那麼飢餓了，精神為之一振，在草叢之中，伏着前行，只聽得胡克黨黨徒的高呼之聲，此起彼伏，發現寶藏的消息，顯然已經傳了開去。

四面八方，都有人向那山頭上湧去，這種瘋狂的情形，給我們帶來了極大的方便。

我們已到了海邊，那艘快艇停泊的所在，碼頭上冷清清的，一個人也沒有，想是所有的人，都到那山頭上去了。

我和宋堅兩人，迅速地來到了快艇之上，一上快艇，我們便到了後艙，我足蹬艙板，道：「紅紅，你在麼？快出聲！」

老天保佑，紅紅的聲音，從艙板下面，傳了上來，叫道：「不公平！不公平！」她一面叫，一面掀起艙板，向上面鑽了出來。

我一見她正在船上，根本不去和她多說什麼，連忙檢查燃料，發動了馬達，三副引擎，一齊怒吼，快艇如箭離弦，向外激射而出，轉眼之間，便已從那環形島的缺口之中穿出！

直到這時候，我才聽得紅紅在我身邊，大聲叫道：「表哥，第一百三十五次，找到了寶藏沒有？第一百三十六次，找到了寶藏沒有，第一百三十七次……」我回過頭來，道：「沒有！」

紅紅怪叫一聲，道：「沒有？那我們為什麼離開？」

我大聲喝道：「閉嘴！快去準備食物，我們已經有五天未進食了！」

紅紅道：「為什麼絕食呢？」我向她狠狠地咧牙一笑，道：「不錯，現在，王小姐，可以為我們準備些食物麼？請！」

紅紅轉身走了開去。我停了兩個引擎，回頭看時，黑夜之中，只見泰肖爾島上，有着一點亮光，那當然是那個山頭上所傳過來的了。

我將快艇的行駛操縱，交給了自動操縱系統，走進了艙中，宋堅已在據案大嚼，我也老實不客氣地吃着喝着，紅紅在一旁發問，連喉嚨都問啞了，可是我們兩人，卻沒有一個人回答她，因為我們的口中，都塞滿了各種食物！

紅紅賭氣不再理會我們，一個人坐在一角，唱起歌來，我和宋堅，相視而笑。雖然泰肖爾島之行，失敗得難以言喻，但這時候，我們口中滿是食物，又自由自在，沒有人看守，和前幾天痛苦的遭遇比較起來，大有人生若此，夫復何求之感。

足足過了大半個小時，我才抹了抹嘴，道：「紅紅，我勸你不必再冒險了，你只要試一試五日五夜，只以泥水潤喉的滋味，回到學校中，便可以勝過遠征吃人部落的同學了。」

紅紅狠狠地望了我一眼，道：「我問你們，你們不說，你們也別想問我。」我哈哈一笑，但是笑聲未畢，我便聽出紅紅的話中有因！

我連忙道：「你有什麼事要告訴我們的？」

紅紅卻不理會我，只是自顧自地搖頭唱着歌，我一躍而起，道：「紅紅，如今不是賭氣的時候，白奇偉和里加度勾結，他們已經掘出了寶藏！」

紅紅道：「而你們則在人家掘出了寶藏之際，匆匆忙忙地跑到船上來大嚼，好不英雄！」我和宋堅兩人，面上都不由自主地紅了起來，我尷尬地笑了一笑，道：「紅紅，你舌頭也太鋒利了！」

紅紅道：「哼，如果你肯讓我也上岸去，恐怕局面便不同了！」

我不去與她多作爭辯，道：「紅紅，你有什麼事要告訴我，快說。」

紅紅道：「我前天中午，收到白素的無線電話。」

紅紅續道：「白素在無線電話中說，她已經動身到這裏來了。」

我和宋堅一聽，不禁猛地一怔！前天中午，那就是說，或今天晚上，白素已有足夠的時間，趕到馬尼拉或泰肖爾島上去了！

宋堅忙道：「只有她一個人麼？」紅紅道：「不，她和她的父親。」

我和宋堅一齊失聲道：「原來白老大也來了！」

紅紅撇了撇嘴，道：「那有什麼了不起？他們兩人來了又怎麼樣，老實說，如果你們不將坂田教授當作壞人的話，只怕事情也成功了！」

我雖然知道紅紅有一點十三點脾氣，但是聽得她如此說法，心中也不禁十分不高興，道：「紅紅，坂田是奸詐小人，你怎麼反而那樣尊重他？」

紅紅以手叉腰，道：「奸詐小人？我怎麼一點也不覺得？他不但是有名的生物學家，而且行事機智之極，我們兩個人，在那個白老大隱居地底的荒島上，取到了二十五塊鋼板，將你們弄得一敗塗地，這不是事實麼？哼，自己不行，還要埋怨別人。表哥，我在美國，將你崇拜得了不得，如今……」

她攤了攤手，道：「什麼也沒有了！」

我也沒好氣地道：「多謝多謝，我本來不要什麼人來崇拜我。」

宋堅直到這時候才插口道：「王小姐，你和我兄弟，是怎麼相遇的？」

紅紅道：「我本來就曾上過他的課，我被白奇偉這小子綁了去，又放出來，便遇上了他，我和他一說起自己的經歷，他便說知道你們這件事的內幕，我們這才一起行事的。」

我揮了揮手，道：「不管坂田是好是壞。白老大父女，可曾說他們要在什麼地方和我們會面麼？」紅紅道：「不知道，因為無線電話，根本聽不清楚，能夠聽出他們要來，已經不容易了。」

我想了一想，道：「宋大哥，白老大如果闖進泰肖爾島，只怕要吃大虧！」

宋堅道：「是啊，算來，他們也該到了，我相信他們到了馬尼拉，或是在我們出海的地方，一定會再和我們聯絡的，大可不必擔心，如今，我想先……」

他講到此處，猶豫了一下。而我則已經知道了他的意思，道：「不錯，我們該將宋富，先接上船來，共作商量。」

宋堅苦笑了一下，不好意思地道：「衛兄弟，無論如何，他是我的兄弟！」我忙道：「自然，何況他一時糊塗，未必不能開導。」

第十七部

驚天動地大爆炸

宋堅又歎了一口氣，我到船尾，轉舵改航，將快艇向棄去宋富的小島上駛去，沒有多久，那小島已然在望，月色之下，那小島看來，像是浮在海面的一隻大海龜一樣，快艇很快地靠了岸，宋堅首先一躍而上，紅紅道：「在船上悶了那麼多天，我也到岸上去走走！」一面說，一面便要涉水而去。

我一伸手，托住了她的腰際，一聲斷喝，一運勁，將她向岸上送去！

紅紅給我送在半空，嚇得哇呀大叫，我叫道：「宋大哥，接住她！」

宋堅早已有了準備，在紅紅將要墜地之際，一伸手，將她托住，放在地上。

紅紅嚇得面都青了，但是她卻一昂頭，道：「我一點不怕！」

我隨之一躍而上，道：「誰說你害怕來？」紅紅一轉身，向前跑了開去，叫道：「教授！教授！」黑夜荒島，我唯恐紅紅有失，連忙跟了上去。

宋堅也跟在我們的後面，我們三人，奔離了岸邊，約有十來丈遠近，尚未發現宋富，我心中正在詫異，突然聽得泊在海邊的快艇，馬達震天也似地響了起來！

我心中這一吃驚，實是非同小可，連忙轉過身來，只見快艇，已經箭也似向前面，馳了開去，船尾上站着一個人，正是宋富！

不消說，那是宋富早已發現我們向這個荒島駛來，所以他便隱伏在海邊，等到我們，都上了荒島，他便靜悄悄地上了快艇，要將我們留在荒島之上！

在這一刹那間，我們三個人，全部呆了！

快艇前進之勢，極其迅速，轉眼之間，深藍色的海面，便只見一條白線而已，而一眨眼間，那條白線也不見了，馬達聲也早已聽不見，四周圍重又恢復了寂靜！好一會，宋堅才歎了一口氣。

我知道宋堅必然會感到內疚，忙道：「宋大哥，在這個島上，是不會死人的，白奇偉尚且能設法到泰肖爾島，我們怕什麼？」

宋堅不說什麼，只是一個轉身，向外走了開去。

紅紅低聲問我，道：「他作什麼？」

我也低聲答道：「他因為兄弟不肖，心中十分不快樂，我們且別去打擾他，先去觀察一下，這島可有能供藏身之所？」

紅紅道：「其實，也不能怪人家，這叫做現眼報。」我聽了不禁失笑，道：「紅紅，現在，你開口比我還粗，什麼都會說了！」

紅紅也笑了起來，我們兩人，向島中心走去。

那荒島大約還不到一英畝大小，但島上卻怪石嶙峋，頗有荒山野嶺的氣概。我們在一個石洞面前，發現了尚未熄滅的篝火，那當然是宋富留下來的。

我和紅紅兩人，在篝火旁邊，坐了下來，紅紅撥大了火頭，又加了兩塊木柴上去，道：「表哥，你聽到白素會來，一定很高興，是不是？」

我想了一想，道：「是的。」

紅紅一笑，道：「那個白奇偉，居然也對我大獻殷勤，但即使是美國人，也不會喜歡像他那一類型的人，輕薄的很！」

我心中不禁一動，道：「那麼，你喜歡什麼類型的人呢？」

紅紅怔怔地望着火舌，忽然歎了一口氣。

紅紅居然也會歎氣，這當真可以説是天下奇聞，我不去打斷她的沉思。

紅紅呆了五分鐘左右，才道：「如果我的希望不落空，那麼我想，我們在天明之前，一定可以離開這個荒島。」

我不禁愕然道：「天亮之前？怎麼離開？長距離游泳麼？」

紅紅神秘地笑了一笑，道：「不是。」我並不去追問她，因為我知道紅紅的脾氣，即使你不追問她，她也決計忍不過十分鐘的！

果然，不到兩分鐘，紅紅又道：「表哥，你說坂田教授，會不會回來？」

我一聽得紅紅如此說法，更是莫名其妙，道：「他既然將我們拋棄在這個島上，如何還會回來？」紅紅笑道：「他會的。」

我不想與之再多爭執，站了起來，也就在此際，只聽得宋堅叫道：「你們快來看！」

我和紅紅兩人一齊循聲看去，只見宋堅正在一塊大石後面，向我們不斷招手，我忙問道：「什麼事情？」宋堅一揚手，映着日光，我只見到他的手中，泛起了火也似的一團東西。

我對於珠寶玉石，有着很深闢的研究，我祖父是這方面的專家，他曾經是江南一帶珠寶業的權威。我還記得在我小的時候，祖父早已退休了，那時時常有人，鄭而重之地捧着名貴的寶石，來請他鑒定質量，因此他便將有關珠寶方面的知識，都傳授了給我！

而當時，我一看到宋堅手上，那火紅色的一團，我心中便吃了一驚！那種光輝，那種色澤，正是最佳的紅寶石所獨有的！我連忙連奔帶跳，趕到了宋堅的身邊。宋堅一伸手，將一件東西，放在我的手心上。

我攤開了手掌，那是一塊核桃大小的紅寶石。

這時候，紅紅也已經走了過來，她一看到那麼大，那麼美麗的一顆紅寶石，竟神經質地叫了起來！令得我和宋堅兩人，都以為她會因此發狂！

我五指收攏又再放開，紅紅道：「表哥，給我抓一抓！」寶石的確具有吸引力的，那吸引力，並不全部在於它的價值。好的紅寶石，固然價值不菲，但是我、宋堅和紅紅，都絕不是沒有見過世面的人，但是那塊紅寶石，對於我們來說，還是具有極大的吸引力。

我將這顆紅寶石放在紅紅雪白的手掌上。

我們三個人，望着那艷紅的、但又毫不妖冶的寶石，好一會不眨眼睛。

過了好久，我才道：「宋大哥，你是在什麼地方找到的？」

宋堅向地上一指，道：「在這個草叢中，我想找一個可以休息的地方，來到這裏，踢動了一塊石頭，便發現這顆寶石了。」

紅紅道：「我叫紅紅，既然發現的是紅寶石，便應該給我。」

我笑了一下，道：「紅紅，你什麼都講究洋化，為什麼沒發現紅寶石時，你就不講了？如果你的名字是露比的話，寶石才應歸你！」

紅紅道：「我不管，這顆寶石值多少錢，我可以照付。」

宋堅道：「別吵了。」

我一揚手道：「不行，拿回來！」

紅紅不肯將寶石給我，猛地向後退去，在她後退之間，她的後跟，又踢在一塊石頭上，痛得她「哇」的一聲，叫了起來。

然而，紅紅只叫了一半，我們三個人，都一齊驚呼了起來！原來，紅紅的腳跟，將那塊石頭，踢得翻轉了身，而在那塊石頭之下，卻有着一塊藍寶石！

那塊藍寶石的顏色，簡直比秋夜還要深邃，紅紅一俯身，將它拾了起來，宋堅忙道：「只怕還有……」他一面說，一面走向前去，一連翻過幾塊石頭，果然，在第四塊石頭之下，又找到了一粒鑽石。

他還想向前去找時，我心中一動，陡地想起一件事來，叫道：「宋大哥，住手！」

宋堅回過頭來，道：「為什麼？」

我道：「宋大哥，宋富在這島上，有五、六天之久，何以這些東西，他未曾發現？」

宋堅道：「壓在石下，他未必能夠找到的，我們找到，也是運氣而已。」

我道：「宋大哥，咱們還是小心一點的好。」

紅紅「哼」的一聲，道：「小心什麼？我看不出其中有什麼危險的地方。」

宋堅也道：「是啊！」他一面說，一面又向前找去，走出了六、七步，又找到了一塊寶石，紅紅也跳跳蹦蹦，向前走去，我心中總感到十分疑惑，覺得那些珠寶，這樣容易發現，其中一定有着什麼不對頭的地方。

但是，我在急切之間，卻又實在想不起，究竟是什麼地方不對頭！

我看着宋堅和紅紅兩人，越走越遠，聽紅紅不斷的發出叫聲，可知道他們，一直有着收穫，我眼看着他們，走出了三十碼開外，已來到另一塊大石的附近，只聽得紅紅道：「宋先生，我們推開這塊大石看看！」

宋堅道：「好！」

他們兩人，四隻手已經按在那塊大石之上，我一見到這等情形，心中陡地一變，想起了一個可能來，立即大喝道：「住手，後退！」

紅紅十分不滿意地轉過頭來，道：「表哥，你怎麼啦？」

我一面向前趕去，一面道：「快退後。我再向你們解釋，快！快！」

宋堅猶豫了一陣，向後退開了幾步，紅紅雖不願意，但也跟着，向後退了開來，我道：「你們看到了沒有，你們所走過的路，曾找過寶石的地方，成一條直線！」

紅紅揚頭一看，道：「是又怎麼樣？」

我道：「紅紅，虧你常說有偵探的常識，這還不明白？那些東西，是故意留下來，引你們走向那塊大石的！」紅紅攤了攤雙手，道：「我又有什麼損失？」

宋堅的態度卻和紅紅不同。

他究竟一生在江湖上走動，老江湖的經驗，使他覺得我所說的話，大是有理。他向紅紅一點頭，道：「王小姐，我們再退開些。」

我們三個人，一齊站在離那塊大石，十來碼之處，宋堅和我互望了一眼，我們兩人，都在地上，搬起了一塊十來斤重的石頭。

我又命紅紅退開了些，和宋堅兩人，一齊將手中的石塊，向着那塊大石，疾拋了出去！兩塊石頭，帶着勁風，向那半人來高的大石飛去。

只聽得「叭叭」兩聲，石塊擊在那大石之上，令得大石，搖動了一下。也就在電光石火的一瞬間，只見火光陡地一現，濃煙冒起。

緊接着，便是震天也似，「轟」的一聲巨響，大地震動，羣石亂飛，簡直是世界末日一樣，我隱隱約約，聽到紅紅一聲驚呼。

但是在這樣的情形下，我和宋堅兩人，實在都絕無辦法去照顧她！

因為，這種變故，雖然在我的意料之中，但是變故卻來得太快，實在令人措手不及，任何人在這樣的時候，都會突然呆上一呆的。

一個變故既然來得那麼快，如果有什麼意外的話，在人們呆上一呆之際，早就發生，要搶救照顧，是絕對來不及的！

地動石搖，只不過是一剎那間的事。

我和宋堅，一定過神來，只見紅紅正在振臂高呼，實是她的心情太激動，所以才會出現這樣反常的神態。

我趕了過去，着實不客氣地給了她一個耳光，她才靜了下來，定着眼睛，看了我好一會，才伏在我的肩上，哭道：「表哥，你救了我的性命，你救了我的性命！」我點了點頭，道：「是。」

這時候，宋堅也來到了我們的身旁，我們三個人，一齊向剛才宋堅和紅紅兩人想要推動的那塊大石看去，只見濃煙散處，那塊大石，早已四分五裂，而且被煙燻得十分黑，而地上，出現了一個足有三尺來深的大土坑！

我們三人，相顧駭然之餘。我道：「這是一個土製的地雷。」

紅紅道：「是胡克黨埋的？」

我想了一下道：「小姐，你對於這類的經驗，太貧乏了，土製的地雷，若是兩日之內，沒有人觸發，火藥便會因為地面的潮氣而失效的。」

紅紅睜大了眼睛，道：「那你說，這是教授……」

我不等她說完，便道：「對了，就是你尊敬的那位生物學權威的傑作，想不到他還是一個游擊專家，土製地雷靈敏度如此之高，的確不易！」

宋堅的臉上，一陣青，一陣白，想是他心中驚到了極點，道：「這畜生，這畜生！」我正勸慰宋堅幾句，但紅紅卻已雙手插腰，氣勢洶洶地站到了我們面前，道：「表哥，剛才那樣的爆炸，要多少火藥？」

剛才的爆炸，並不是烈性炸藥的爆炸，也不是硝化甘油的爆炸。如果兩者的話，我們雖然事前有了警惕，已經距離得甚遠，但是爆炸所造成的氣浪，還是會將我們震死的。

而這次爆炸，冒出來的煙又如是之濃，當然是土製火藥，或者是從槍彈、炮彈之中挖出來的火藥了，我想了一想，道：「大約一磅上下。」

紅紅道：「這就不可能是教授了，我們將他棄在島上時，他身上有火藥麼？」

我想不到紅紅會反問我這樣一句話。

這句話，倒的確令我難以回答！

因為，宋富即使再深謀遠慮，也必然不會料到我們會將他放在這樣一個荒島上，而在身上，預先帶上一磅火藥的。

我沉吟了一下，紅紅又逼近了一步，道：「表哥，你還有什麼話說？」

我只得道：「紅紅，我暫時解釋不來，但是我堅信，這件事一定是宋富做的。」

我又說道：「宋富料到我們會來接他，他便有反將我們留在島上的機會，便想將我們一齊炸死！」

紅紅一挺胸，道：「不，你完全料錯了！」

我不禁有些惱怒，道：「紅紅，你為何堅持這樣說法？」紅紅急促地呼吸了幾下，道：「因為他愛我，所以他不會害我！」

我和宋堅兩人，做夢也未曾料到紅紅竟會講出這樣的一句話！我們兩人，陡然一呆，我心中恍然大悟，道：「所以，剛才你說宋富一定會回到這個島上來的，那是因為他愛你的關係？」

紅紅堅定地點了點頭。

宋堅苦笑一下，道：「王小姐，或許你還不知道我兄弟的為人……」

紅紅立即打斷了他的話頭道：「我知道，我完全了解他，你雖然是他哥哥，但是你了解他的程度，卻不及我的一半！」

宋堅道：「好，你了解他什麼？」

紅紅又歎了一口氣，道：「他是一個很可憐的孩子（衛按：紅紅在說這句話的時候，大概因為心情激動，忽然說了一句英文，「孩子」乃是直譯 Boy 一字來的），他有着極深的自卑感，你知道麼？」

我和宋堅，面面相覷。

紅紅繼續道：「他從小就不受人注意，人家注意的，只是他的大哥，人人都有想被人注意的天性，他就以反常的行動，來引起人們的注意，於是，他就成了敗家子，就成了不肖的子弟，你們可知道，他對我講起這些時，曾像孩子似地哭了起來？你們可又知道，他向我暴露了一個有關他個人的最大秘密……」

紅紅滔滔不絕，講到這裏，看她的情形，本來絕無突然中止的意思。

但是，她卻突然停了下來。

因為這時候，水面上，響起了一陣急促之極的馬達聲，紅紅停了停道：

「他回來了！」她一面說，一面向海邊衝去。

我一伸手，將她拉住，道：「慢一慢！」

紅紅一掃頭髮，道：「什麼事！」我道：「紅紅，我們在這裏隱伏下來，我要讓你看一看，他究竟是怎樣的一個人！」

紅紅道：「好，我們大家都可以看一看，他實際上是怎樣的一個人！」

我們三個人，一齊退出了三、四碼，伏在草叢之中，也就在這時候，馬達聲戛然而止，接着，便聽得宋富的大叫聲，傳了過來。

宋堅「哼」的一聲，道：「這畜生，當真還敢回來！」我忙道：「聽他叫些什麼？」

我們三人，都不出聲，只聽得宋富不斷地叫道：「紅紅！紅紅！紅紅！」

我回頭向紅紅看去，紅紅雖然沒有出聲，但是眼角卻已經潤濕了。我再向外看去，只見宋富以極快的身法，掠到了爆炸的現場。

他在那土坑面前站定，四面一看，突然雙腿一曲，跪了下來，道：「紅紅……我……的確是想立刻回來的，但是馬達出了故障，紅紅，想不到你……」我絕對不能設想的事情出現了，在我印象之中，是集奸詐、狠辣，鐵石心腸之大成的宋富，竟然抽抽噎噎地痛哭了起來。

我們三人，互望了一眼，又向前看去，只見宋富踉蹌站了起來，面上神色茫然，突然又叫道：「大哥，做兄弟的，又豈是存心害你？」

宋堅的眼角，也有淚水流了出來。宋富猛地一揮手，我們都清楚地看見他手中，拿着一柄手槍，看他的情形，分明是準備自殺謝罪。

我們一見這等情形，俱皆大吃一驚，紅紅首先叫道：「教授！」

宋堅也霍地站了起來，叫道：「兄弟，我們全在！」但也就在他們一前一後，兩聲呼喚發出之際，只聽得「砰」的一下槍響！

那一下槍響，令得我們三個人，都呆若木雞！

三人之中，尤其是我，伏在地上，緊緊地閉住了眼睛，不願觀看。因為，隱伏在此，偷窺宋富的行動一事，是我提議的。

而我也絕未想到，宋富的內在性格如此之烈，在後悔他鑄成了大錯之餘，竟會出諸自殺一途！

剛才的一下槍響，分明是宋堅和紅紅兩人，雖然立即出聲，但是卻未能阻止宋富的自殺，我實是無以對紅紅、宋堅兩人。

我只等紅紅狠狠地罵我，但是，出乎意料之外的，我等到的，卻是紅紅的一聲歡呼！

我睜開眼來，只見宋富額邊的頭髮，焦了老大的一片。他手中的手槍，還在冒煙，我立即一躍而起，宋堅迎了上來，道：「王小姐的一叫，令得他手震了一震，子彈在他額邊掠過。」

我鬆了一口氣，心中暗叫慚愧。我們三個人，一齊向着怔怔發呆的宋富走去，宋富直視着我們，忽然不好意思地一笑，道：「原來你們，並沒有中了埋伏？」我道：「他們兩人，差一點兒。」

宋富道：「我想不到你們會那麼快被引到地雷之旁的，我想偷偷地回來，當你們將要推動大石之際，才來嚇阻你們……」

紅紅打斷了他的話頭，道：「那樣，就可以顯得你並不是一個無能之輩，是不是？」

宋富歎了一口氣，道：「是。」

我道：「如今，輪到我來提疑問了。這一磅火藥，是哪裏弄來的。」宋富抬頭，向我望了好一會。在那一段時間內，氣氛也十分緊張，因為，宋富縱使對紅紅和宋堅，能恨意全消，對我是不是也一樣，卻是不得而知。

紅紅道：「教授，剛才如果不是表哥，我們都已成粉末了！」

宋富道：「沒有你這句話，我也早已決定，伸出我的手來了！」他一面說，一面伸出手來，我立即也伸出手去，和他緊緊地握了一握。

宋堅鬆了一口氣，紅紅也面露笑容。宋富道：「火藥的來源麼？說來話長，你們且跟我來。」我們都不知道他在弄什麼玄虛。

而我們可以肯定的，是經過了這樣的一個變故之後，他對我們，都已經沒有了敵意，所以我們放心地跟在他的後面。

宋富走在最前面，翻過了山頭，來到了島的後面。

那島的背面，臨海之處，全是岩石，也有着不少岩洞，宋富一面走，一面道：「我在島上幾天，沒有事情可做，便走遍了這些岩洞，因為我聽得人說過，在菲律賓海域的岩洞中，往往可以發現不易見到的深水魚，我想捕捉幾條，作為標本……」

宋堅忍不住問道：「阿富，那麼多年來，你竟成了日本人，究竟是在鬧什麼鬼？」

宋富道：「大哥，這件事，咱們慢慢再說——但是，第二天，我便有了意外的發現。」

他說到這裏，我們已經來到了一個岩洞面前，我們四人，一齊走了進去，宋富在地上，拾起了一個火把，那火把顯然也是他在前兩天紮成的，燃着打火機，將火把點着。

他帶着火把，向前一照，道：「你們看。」

我們藉着火光，一齊向前看去，不禁為之一呆。

只見在那山洞中，一共有着十堆，十分完整的骸骨，白骨森森，十分可怖。

紅紅連忙緊緊靠在宋富的身邊。宋富道：「這十具骸骨，我並沒有移動過，而你們所拾到的那些寶石，連同我這裏還有一些，都是在這十具白骨之下發現的。」

紅紅道：「這十個又是什麼人呢？」

宋堅歎了一口氣，道：「毫無疑問，那是昔年大集會之後，七幫十八會派出來跟着青幫司庫于廷文，前來埋藏財富的十位弟兄了。于廷文在回去前，曾親將這十個人，盡皆殺死了的！」

我心中也不禁大生感慨，道：「原來他們，是死在這裡的。」

宋富道：「這十個人，顯然也不是什麼好東西，我拾到的珍寶，當然是他們當年，見財起意藏在身上的，于廷文將他們打死，卻不曾搜他們的身，年數一久，皮肉皆腐，也只剩下白骨來陪他們所偷取的寶石了！」

我覺得宋富的揣想，十分有理，道：「那麼火藥也是在這裏發現的麼？」

宋富道：「不錯，有幾層油布，包着一大包火藥，我只不過取了其中的一半而已。」

他一面說，一面指了岩洞的一角，那一角上，果然有一個解開了的油布包裹！

宋堅又歎了一口氣，道：「這十個人也罷，七幫十八會也罷，什麼人都未曾料到，那麼龐大的一筆財富，竟會落在菲律賓胡克黨黨徒的手中。」

宋富聞言，面色不禁一變，道：「什麼？已落到了胡克黨黨徒的手中？這是什麼意思？」

我道：「白奇偉以他佔一分，胡克黨佔九分的條件，替胡克黨找到了埋藏在地下的財富。」

宋富意似不信，道：「白奇偉這小子，竟能參透那幾句毫無意義的話麼？」

我道：「那幾句話，在泰肖爾島上，便不再是毫無意義的了。」

宋富問道：「為什麼，你仔細說。」

我便將我和宋堅兩人，在泰肖爾島上的所見和遭遇，向宋富詳詳細細地說了一遍。當然我們在說的時候，已經退出了岩洞，坐在浪花拍擊不到的一塊大岩石之上，宋富一面聽，一面緊鎖雙眉。

等我講完，宋富仍望着大海，一聲不出。

好一會，他才道：「照我看來，里加度和白奇偉兩人，仍然未曾找到那一筆財富。」我道：「我們在逃走之際，已經看到了那大鐵箱的一角！」

宋富道：「這隻鐵箱，可能是空的！」

我覺得宋富的話，武斷到了極點，實足令人，難以苟同，我也不和他辯駁。宋富又道：「里加度只在四塊之間，求一個交叉點，當然太簡單，得不到正確的藏寶地點。」

我道：「可是白奇偉……」

宋富道：「不錯，白奇偉的辦法，看來是科學了些，但也太簡單，于廷文當年，絕不會將財富埋在用那麼簡單的方法，便可以找得到的地方的！」

紅紅道：「我同意教授的說法。」

我笑了一笑，道：「紅紅，愛情能令人盲目的！」

紅紅白了我一眼，想說什麼，但卻又沒有說出來，忽然又噗哧一聲笑了，顯然她心中，十分甜蜜。宋富道：「衛兄弟，我不是個固執己見的人，你想，那一句『共透金芒』是什麼意思？」

我怔了一怔，道：「不知道。」

宋富道：「我也不知道，但是我卻知道，這句話十分重要，在見到石碑，便可明白『白鳳之眼』那四句的意義之後，這一句起着總束作用的『共透光芒』，當然極其重要了！」

他講到此處，攤了攤手，道：「但是，里加度和白奇偉的尋找正確地點的方法，都忽視了這句話，所以我說他們，得不到寶藏。」

宋富講完，我仔細想了一想，對於宋富這種縝密的分析，也表示十分佩服。但是我卻仍然難以相信那大鐵箱竟會是空的。

宋富望着大海，又道：「照我看，于廷文一定早已想到，如果這件事傳了出去，會有人照白奇偉的方法來挖掘的，因此便在那地點，埋下了一隻大鐵箱，那鐵箱中不是空的，便是另有東西，那東西一定表示寶物已被人取走，好叫掘寶之人灰心，那也等於是保全了真正的財物！」

我站了起來，道：「佩服得很，你說得有理。」

宋堅道：「如果那鐵箱是空的，白奇偉會不會遭殃？」

我道：「那倒不必為他擔心，如果財富不出現，他至多像我們一樣，餓上幾天而已，倒是我們要設法，如何對付胡克黨黨徒才好。」

宋富道：「對策我已想到了，你們在泰肖爾島上，可曾注意胡克黨黨徒的食水水源，是集中的還是分散的？」我和宋堅，事實上都不知道，因此根本沒有法子回答，紅紅卻道：「我知道，在碼頭附近，有兩隻深水井，將井水泵到一個大蓄水池中再輸送出去的。」

宋富喜道：「那就好辦了！」

宋堅沉聲道：「阿富，下毒藥未免太狠了些，島上至少有一千人！」宋富道：「大哥，知弟莫若兄，你怎麼就知道我的意思了？」

我也覺得，如果下毒藥，將島上的一千多人都毒死，也未免太狠毒了些。但宋富說着，從袋中取出一隻小小的玻璃瓶來，瓶中約莫十多西西灰褐色的藥水，他揭開了瓶蓋，道：「你聞一聞。」

我湊了上去一聞，便有一陣昏眩欲嘔的感覺，連忙側頭避了開去，問道：「那是什麼東西？」

宋富道：「這種藥物，是我從東非洲得來的，當地土人，把它叫『冬隆尼尼』。」

我立即道：「那是在地上打滾的意思。」

宋富以極其驚訝的眼光望着我，他雖然沒有出聲，但是他的眼光，無疑地是在問：「你怎麼知道？」我當然是知道的，因為我深通各地語言之故。

他又道：「這種藥物，放一毫升在靜止不動的溪水中，便可以令得來這溪水飲水的動物，盡皆軟弱無力，倒地不起，只能在地上打滾，至少三日，等於是大病一場，失去了自衛的能力，要令得島上胡克黨黨徒，盡皆大病，只消三、五毫升就夠了。」

宋堅道：「但未必人人都在同一時候飲用有了毒藥的毒水的。」

宋當道：「這『冬隆尼尼』的妙處，便在這裏，否則，中國的巴豆，不也一樣麼？『冬隆尼尼』能使得服用了的人，在兩日之內，一切正常，而兩日之後，方始發作，我想，兩日內，所有的人，總不能不飲水，而我們下毒之後，等上四日，先病的未曾復原，後病的也都已發作，泰肖爾島，就是我們的了。」

紅紅道：「我不信，你剛才說非洲土人，是用這種藥來捉野獸的，兩天後才發作，野獸早就走遠了。」

宋富一笑，道：「你知道什麼？野獸是有巢穴的，在巢穴生病，只要找到巢穴，便能捉到，還不容易麼？」

我忙道：「宋兄既然有『冬隆尼尼』這樣的妙藥，我們事不宜遲，該再到泰肖爾島去！」

紅紅第一個大為興奮，道：「對，再到泰肖爾島！」

我笑道：「紅紅，你可是嘗到甜頭，以為這次再去，便又能成功？」

紅紅打橫跨出了一步，站到了宋堅的面前，道：「不是我自己誇口，我和教授兩人合作，你們全不是敵手，那二十五塊鋼板，不是落在我們手中了麼？」

我道：「宋兄弟，那一次，你和紅紅合作，居然能勝過了那麼多人，當真不容易之極。」宋富笑道：「那全是佔了我和大哥生得一樣的緣故，好幾次，我和你在一起，你都不知道，有幾次，我幾乎和大哥碰了頭，紅紅躲在山洞中，卻是什麼事情也沒有做過，別聽她吹牛！」

我想起宋富在那荒島上，幾次三番要害我的情形，心中仍不免有點恨意。

因為，我那時如果一時大意的話，如今早就進了鬼門關了！

但是如今宋富既然和我們言歸於好，我也不便再記這些。紅紅叫了起來，道：「教授，你這樣說法，太不公平了！」我們全都笑了起來。

我們一齊來到了海邊，登上了快艇。

發動了馬達，快艇到泰肖爾島的時候，我們便停了下來。

等到天黑，我們四個人，才找到了一個小划子，向泰肖爾島上而去。

第十八部

島上巨變

我們曾力勸紅紅留在船上，但是紅紅卻堅持不肯。我們已接近泰肖爾島，我們的行動更其小心，只見那環形島的缺口處，探照燈的光芒，照得海面全亮。

我道：「我們只有兩個辦法，一個是翻山而過，另一個是潛水而入。紅紅，這兩件事，你都不能勝任，還是回船上去吧。」

紅紅「哼」的一聲，道：「爬山、潛水，隨便你說，我有什麼不行的？」

我明知勸她不聽的，也就不再多說。

宋堅道：「我看還是翻山過去好些，但是翻過了山，一樣要游水的！」

他一面說，一面望着紅紅，那意思也是勸紅紅不要前去，回到快艇上去。

紅紅哇呀大叫起來，道：「你們看我不會游水麼？我非游給你們看看不可！」

宋富替她打圓場，道：「據我所知，紅紅的水性很好，定可以長途游泳。」紅紅得意道：「怎麼樣，可知公道自在人心。」

我們說着，將小划子划離了那個缺口，貼着岩石，停了下來，一齊棄船上岸，向峭壁上攀去。紅紅果然十分靈活，我們到半夜時分，已經翻過了山頭。

一翻過了山頭，我們四人，都看到海面之上。有一種十分奇異的現象。

那情形，像是有兩條魚，正在向前游着，激起一溜水花，但是，那溜水花的前進之勢，卻是快疾到了極點，竟像機器發出的一樣！

我們都弄不懂那是什麼玩意，正想仔細再看一看時，水花卻已不見，看那情形，像是沉入了水中。

我向前望去，從那環形島，游到泰肖爾島，約莫七、八百碼距離。在健泳者來説，這樣的一段距離，自然不算得什麼。

我們向泰肖爾島上望去，只見島上燈光，明滅不定，但是卻十分疏落。分明是胡克黨黨徒，都已經沉沉地入睡了。從那種情形來看，胡克黨的確不像是曾經發生過喜事，也就是説，事情可能真如宋富所料，那龐大的財富，並未出現！

我心中對宋富，也生出了欽佩之意。因為我和宋堅兩人一見到那隻大鐵箱出現，都毫無疑問地以為，胡克黨已得到了那筆財富。而宋富卻比我們冷靜得多，那或者是他不在現場，所以才保持了冷靜的頭腦的。所謂「旁觀者清」，就是這個道理了。

我們很快地，就將不必要的衣服，都脱了下來，放在一個岩洞中，宋富道：「我們能不能再穿這些衣服便決定我們能不能再活。」

我剛感到，宋富的話，往往顯出極度的悲觀，紅紅已道：「教授，你又來了，要知道這樣說法，可一點也不幽默——」

宋富聳了聳肩，不說什麼。

我們四個人，一齊躍入了海中，午夜的海水，給人以十分清涼之感，紅紅一入水，便以極其優美的蛙式，向前游着。宋富和宋堅兩人，取的是傳統的中國游泳法，前進之勢，也相當快疾，我取的是最新的海豚泳法，當然更不會落在他們的後面。

當我們游出一、二百碼的時候，體力便是能否持久的主要因素了，紅紅的速度慢了下來，宋富拉住了她的手臂，他們兩人才勉強跟在我們的後面。

又游了百來碼，忽然聽得泰肖爾島上，響起了「轟」的一聲巨響！

那一下巨響，震動之烈，實在是有點難以形容！

本來，海面之上，十分平靜，但是這一下巨響一起，我們向前望去，只見泰肖爾島上，好像火山爆發一樣，石塊、火光交熾着，漫天飛舞。而本來是極其平靜的海面，也起了極大的波浪。

那種大浪頭的力道，絕不是人力所能夠抗拒的，一下子便將我們，衝回去了百來碼，在我們被浪頭衝倒的那一瞬間，天旋地轉，海水向我們的口中直灌，人也隨着海水直上直下，此情此景，可以說已經到了地獄！

等我感到浪頭的衝擊之勢，已緩和了下來，我才睜開眼來。

而我剛一睜開眼來，只見第二個浪頭，足有三、四丈高，已挾着巨大已極的聲響，向我們壓了下來，我回頭一看，只覺得我們這四個沉沒在海上的「萬物之靈」，和被孩童抓住放在浴缸積水中當作玩具的螞蟻並沒有什麼多大的分別！

我只聽得一聲：「我們四人靠在一起！」宋堅向我游來，我一伸手，拉住了宋富，我們四人，剛一靠在一起，那個大浪頭，便蓋了下來。

我們只覺得身子一直向下沉去，眼前什麼也看不到，耳際什麼也聽不到。

而接着，身子又突然被一股大力，拋了起來，拋得不知有多少高，我勉力睜開眼來，像是身在噴泉之中一般，接着身子又向下沉去！

這一次下沉，卻並未曾再有陡下深淵的感覺，我們仍浮在海面上。

但是，離開泰肖爾島，卻已十分遠了，我們已被浪頭，沖回了那個環形島上，我們四人，狼狽地爬上了岸，紅紅伏在岩石上喘氣，連站都站不直，我們三個男人，當然比她堅強得多，一爬到了岸上，立即抬起頭來，向泰肖爾島上望去。

只見泰肖爾島上，有兩處地方，兀自在冒着濃煙，噴着火焰，發出轟轟之聲，夾雜着嘈雜已極的人聲，隱隱地還可以看到有人在奔來奔去。

我們三人，相顧愕然，隔了好一會，還是紅紅先問道：「究竟發生了什麼事？」

宋堅道：「我們也不明白，大概是發生了兩下爆炸。」

宋富猛地一拍大腿，道：「對了，我們剛才，還在山頂的時候，不是看到兩道十分異様的水花麼？」

紅紅道：「你說那是魚雷？」

我忙道：「不可能，就算是菲律賓政府，也不會嚴重到出動潛艇的！」

宋富道：「那麼，這是什麼爆炸？」

宋堅道：「或則是島上的彈藥庫、汽油庫起了爆炸，也說不定的。」我們一面說，一面望着泰肖爾島，只見那兩處地方的濃煙，愈來愈濃，而且，還傳來了一種「隆隆」之聲，那種聲音，和打雷一樣，但卻並不是從天上傳來的，而是從那島的地底下傳來的！

我心中陡地一動，道：「宋兄弟，你一定知道，這裏乃是太平洋火山帶的範疇。」

宋富道：「我也想到了，剛才那兩下爆炸，是天然的而不是人為的。」

紅紅尖聲叫道：「火山爆發？」

宋富道：「可能是小型火山爆發，但也可能是大規模火山爆發的前奏。」

我們聽了，都沉寂了下來。

就在這時，只見許多小划子、小皮艇，從泰肖爾島，一齊向外划來，為數約有八十艘之多，每一艘上坐了三五人、兩三人不等。

那些皮艇划子，還未划出三百碼，一陣急驟的馬達聲，便響了起來，一艘快艇，衝浪而出，所過之處，濺起老高的浪花，將附近的十來個小划子，一齊掀翻，那快艇來到了環形島的缺口，便停了下來。

快艇停下之後，我們已經可以看到，在快艇艇首，架着兩挺重機槍，除了機槍手之外，另外還站着一個人，隔得很遠，那人的面目，看不出來，只看到他手中，拿着一個擴音器。

我們正在不明白究竟是發生了什麼事情間，海面上已充滿了里加度憤怒的聲音。

里加度的聲音，是從那擴音器中傳出來的，只聽得他怒跳道：「回去！回去！誰如果接近出口，我便下令機槍掃射了！」

可是，他儘管叫，有的划子，慢了下來，還有二三十個橡皮艇和划子，卻仍然向前衝了過去，里加度不斷地叫道：「回去！回去！」

但那些划子仍然是向前衝着。我們在這時候，已經看清，站着艇首的那個人，正是里加度，當然是因為泰肖爾島上，發生了那樣可怕的事情，所以胡克黨黨徒才準備倉皇離去的。

里加度作為首領，自然不希望因為幾個小小的火山爆發，便失了他的部下，所以便拚命出聲遏止，眼看那不聽命的三十來隻小划子，離開環形島的缺口，已經是愈來愈近！

只見里加度突然一揮手，叫道：「開火！」

霎時之間，只聽得驚心動魄的子彈呼嘯之聲，傳了過去，而海面之上，水柱此起彼伏，蔚為奇觀，小划子上，也有着零星的反抗槍聲，但前後不過十來分鐘，所有不聽命令的小划子，都沉下海底去了。

在划子上的那些人，自然也個個凶多吉少了，雖然是在月色之下，但是也可看出，海水上面，泛出了一片一片的殷紅！

宋堅吸了一口氣，道：「里加度的手段好辣！」

宋富道：「反正凡是胡克黨黨徒，沒有一個不是亡命之徒，死不足惜。」

我道：「死在重機槍下的，怕不有三、四百人。」

宋富聳了聳肩，道：「誰叫他們怕死呢？」

海上大屠殺停止之後，還有許多小划子，停在海面上不動，有許多還剛從島上駛出來。又有三艘快艇，掠過了海面，和里加度的快艇，排成一字，封住了出口。那些快艇上的胡克黨黨徒，分明全是里加度的死黨了。只聽得海面上又響起了里加度的聲音，道：「大家快回到島上去，除了這個島，我們絕對沒有第二個地方去！」

在一隻離得里加度最近的小划子上，有人大叫道：「可是島上火山爆發，咱們都得化灰！」

里加度厲聲道：「這個島的形狀，這樣奇特，本來就是火山爆發所造成的，但如今，泰肖爾島上的，已經是死火山了！」

那人大叫道：「死火山怎會冒火？」更有的人叫道：「我們感到地在動，山在搖！」更有的叫道：「出去有生路，在這裏是等死！」

里加度一聲大喝，道：「我說守在島上，誰要出去的，划船過來！」里加度的話一講完，海面之上，傳來了一片異樣的寂靜。緊接着，又是八挺重機槍一齊呼叫的聲響，八條火舌，數十條水柱，任何不法之徒，看了也不免心悸！

八挺重機槍只響了兩分鐘。但是那兩分鐘，卻比里加度講上兩個小時還有用，海面上的小划子，紛紛向泰肖爾島上划去。

等到海面上的小划子盡皆不見之後，里加度的那四艘快艇，才向泰肖爾島上駛去。

我們看到這裏，心中都不禁大是高興。宋富道：「如今，里加度是名副其實地住在火山上了。」

我道：「不錯，他在海面上，可以憑着八挺重機槍。便將部下鎮住，但是他部下的陸續逃亡，只怕不可遏制！」

宋堅道：「只要這樣的小爆發，再有上兩次就夠了。」

紅紅道：「你們的意見是，火山爆發對我們有利？」

我道：「有利則未必，但至少對胡克黨是大害！」

紅紅道：「那我們還到不到島上去？」

我和宋氏兄弟想了一想，宋堅道：「照這樣的情形看來，胡克黨不待我們去下手，也必然瓦解的了，我們還是停下來看看情形再說的好。」

我道：「你們三人不妨留在這裏，讓我到島上去看看，宋兄弟，你將『冬隆尼尼』給我帶去。」

宋富道：「為什麼要你去？我不能去麼？」

紅紅尖聲道：「我也算一個！」

宋堅道：「王小姐除外，咱們三人抽籤！」

紅紅大聲叫了起來，宋富忙道：「紅紅，如果我抽到了，我和你一起去，你能去的機會，反而更多！」

紅紅這才點了點頭，由她去做籤，抽到長的，便獨自到島上去冒險。抽籤的結果，是該我到泰肖爾島上去！

紅紅以一種十分可憐，幾乎可以邀得任何人同情的眼光望着我。

她忽然之間，變得這樣柔順，當然是為了想我帶她一齊到泰肖爾島上去，但是我卻連望都不向她望一下，一聳身，便已躍入了水中。

我一直向泰肖爾島游去，在將近游到泰肖爾島時，我才潛入了水中，直到摸到了岩石，我才冒出了水面，那是泰肖爾島的側面，我攀了上去，翻過了一座山頭。

在山頂上，我看到有不少人，聚集在另一個山頭上，在那山頭上，一個老大的大洞，兀自在冒着濃煙。

這時候，天色已經大明了。

我遙遙地望着那個山頭，心想那一定是昨晚爆發的火山口了。

可是，我的心中，卻又禁不住起疑。

我曾見過許多着名的火山口，包括死火山和活火山，它們的形狀雖然不一，但是卻毫無例外地有着一股死氣，叫你一看便聯想到死亡，和聯想到自然界之大，而人類之渺小。

但是這個火山口卻不大，這個「火山口」，其實只不過像是一個兩千磅巨型炸彈所造成的深坑，我心中極度的疑惑，又來自昨晚我們在海面上親身體會到那兩個巨浪，如果不是火山爆發或是地震，怎麼能有那麼大的浪頭呢？這裏離海邊很遠，即使有巨型炸彈落在這裏，海上也不應該會起巨浪的。

我一面想，一面望着那「火山口」。

只見圍在「火山口」旁邊的那些人，都不敢十分接近，而且是老遠地指指點點，他們面上的神情，雖然看不清，但從他們的體態看，可知他們的心中，實是感到十分害怕。

我望了沒有多久，就下了山，到了山腳下，有兩個胡克黨黨徒，迎面而來，我剛想閃身趨避，或是先下手為強時，那兩人卻一點也未曾注意到我，只是在經過我的身邊時，以十分可怖的語調道：「末日來了！」說完之後，便和我錯肩而過！

島上的胡克黨黨徒，不下千餘，每一個人之間，自然也不可能全認得出，但生面人至少應該注意，這兩個胡克黨黨徒如果不是失魂落魄的話，自然也不會認不出我是他們從來未曾見過的陌生人！

由此可見，島上那一下火山爆發，實是給胡克黨黨徒帶來了莫大的恐怖，他們可能在想像泰肖爾島會一下子便陸沉吧！

我想到了此處，心中也不禁生出了一股寒意，在太平洋火山帶中，一個小島的陸沉，根本是極其普遍的事情，絕不出奇。

我繼續向前走去，碰到的胡克黨黨徒，莫不是垂頭喪氣，不一會，我來到了島上最大的建築物——那座鋼骨水泥的倉庫附近。

只見倉庫附近，聚集着不少胡克黨黨徒，他們全都一聲不出地望着那倉庫。里加度是住在這所倉庫之內的，他們的態度，當然是代表了對里加度的抗議。

里加度顯然也知道這一點，因為倉庫大門緊閉，在倉庫頂上，架着重機槍！

我繞過了倉庫，來到了碼頭邊上，到了碼頭邊上一看，我不禁呆了半晌，碼頭已經因為剛才驚天動地的變故而毀去了！

那兩個蓄水池，也已不再存在，而兩口深水井，有一口顯然也已壞了，只有另一口，被草草地裝上了一個水泵，深水井是沒有法子下毒的，我所需的妙藥「冬隆尼尼」，已起不了作用了。

我在泰肖爾島上，到處走了近兩個小時，由於整個島已陷入了極度的混亂和恐怖之中，根本沒有人注意我的行動。

里加度和他的死黨（我想至少有一百名左右），則將他們自己，關在倉庫中，我不知道白奇偉在什麼地方，也難以去探聽他的消息。

我在島上再耽下去，也沒有什麼好處了，因此，便翻過了山頭，游到了那個環形島上，找到宋堅、宋富、紅紅三人，將我在島上的所見，講了一遍。

宋堅道：「照這樣的情形看來，胡克黨黨徒，遲早是會離開泰肖爾島的！」

宋富道：「不錯，但如果能再有兩下類似的火山爆發的話，將會更快些，而這樣的火山爆發，我相信是還會有的。」

他在講到「火山爆發」四字之際，特別加重語氣。我們都注意到了，我忙道：「宋兄弟，你講得那麼肯定，可是說剛才的爆發是人為的麼？」

宋富道：「我正是這個意思。」

我道：「但是海上的浪頭，怎麼解釋？」

宋富道：「我們不妨等着，等下一次爆炸，便可以看清楚了，因為剛才一次，我們自己，也身在海中。」

我心中也不能確定宋富所說的是否對，但是有一點，我卻可以肯定的，那便是我看到的那個火山口，和以前所見的不同！

我們因為無法尋究水源來下毒，所以暫時便只能在環形島上等着。

過了中午，突然，泰肖爾島上，又冒了一股濃煙，我們四個人走在一起站了，只聽得「轟」的一聲響，海面上，又起了一個大浪頭。

在海面上浪頭湧起之際，黑煙之中，才噴出火焰來，同時，隆隆的響聲，也驚天動地。宋富拍手笑道：「這是什麼人，使的好妙計。」

那時，我也看出，那火山爆發是「人為」的。因為，即使是火山爆發，也絕不能來得如此突然，而且，更不應該濃煙一冒起之際，海上便起了浪頭。

但是這一點破綻，我相信即使是里加度，也絕不能夠覺察，因為身在島上，害怕還來不及哩！

那一陣的轟隆聲，足足維持了半個小時，島上已經濃煙四布。

紅紅卻還不明白，連聲向宋富追問他的話是什麼意思。宋富道：「一定是有人利用一個死火山口，放下了巨量的炸藥，在製造假的火山爆發，在瓦解胡克黨黨徒！」

他話才一講完，宋堅便叫道：「一定是白老大！」

我也「啊」的一聲，道：「除了他還有誰？」

宋富的反應卻並不熾烈，道：「如果是白老大的話，我相信他一定不知道他的計策雖妙，但同時卻也冒着極大的危險！」

宋堅怪道：「什麼危險？」

宋富道：「如果被他們利用的那個死火山口，是具有活動性的話，那麼，便可能引致真正的，極其嚴重的火山爆發和地殼的變動，這樣的一個小島，在幾小時之內陸沉，也不是什麼出奇的事情！」

宋富的神色，十分嚴肅，又道：「很難說，有時事情湊巧起來，就會這樣的了，尤其這裏是太平洋火山帶，十分難說，十分難說！」

宋富重複地講了兩遍「十分難說」，我也看出他不是在危言聳聽。而且，在如今這樣的情形下，他實也沒有危言聳聽的必要！

我們正在商議着，只見海面上的浪頭，已經漸漸地退了去，而泰肖爾島上所傳來的隆隆之聲，也漸漸地低了下來。

在泰肖爾上，接着傳來的，乃是嘈雜已極的人聲，環形島和泰肖爾島相隔甚遠，島上的人聲，傳到我們的耳中，仍然是十分驚人。由此可知島上數百胡克黨黨徒，實在已吵到了天翻地覆的境地！

沒有多久，只見許多小划子，又划了出來，而四艘快艇，又衝了出來，一切和第一次爆炸之後所發生的，完全一樣。

所不同的是，站在快艇上首的里加度，形態也是十分慌張，而所有的小划子，卻是不顧里加度的喝阻，一直向前衝了過去！而且，有幾艘小划子上，也配備着輕機槍，在接近快艇的時候，小划子上的機槍，便向快艇，劇烈地掃射起來！

里加度在胡克黨中，雖然具有極高的威信，但是這一班亡命之徒，實則上卻全是膽小鬼，在兩次驚天動地的爆炸之後，他們只當泰肖爾島，隨時隨地可能化為灰燼，要他們再留在島上，那簡直是沒有可能之事！

我們在環形島上，一見海面上起了戰爭，連忙各自將身子隱藏在岩石後面，隔岸觀火。

只見里加度倉皇地躲進了艙中，在他指揮之下的四艘快艇，兩艘守住了出口，兩艘卻向前直衝了過去，重機槍口火舌，噴之不已，小划子和橡皮艇，當者披靡，但是，在一隻小划子上，一個大漢卻大聲呼喝，一口氣向一艘快艇，拋出了三枚手榴彈。

那大漢在拋出手榴彈之際，離開快艇，本就已十分接近了。

三枚手榴彈一出手，快艇衝了過來，將他的小划子攔腰撞成了兩截！

那大漢怪叫一聲，被撞得飛在半空。

而恰在其時，他拋出的那三枚手榴彈，也相繼爆炸了，爆炸的威力，不但使得那快艇上的一切，毀壞不堪，而且，將本來已撞在半空的那個大漢，又向上托高了五六尺。

然而，那大漢突然像是紙紮的一樣，手、足、頭，都和身子分離了。相繼落了下來！我見過各式各樣的死法，但最奇怪的，卻是這一次。

我回頭向紅紅看去，只見紅紅的眼睛睜得老大，甚至忘記了眨眼睛！

那艘快艇，很快地便沉了下去，另一艘快艇，掉頭欲走，但是快艇的四周，卻圍滿了小划子，只見快艇上兩個重機槍手，高舉雙手，站了起來，叫道：「自己人！自己人！」

但是立即有人，跳上快艇去，罵道：「你媽的自己人！」只見彎刀起處，血濺甲板，那兩個重機槍手，早已被刺死，踢下海去！

而這時候，幾乎所有的小划子，都向那艘快船靠來，人人都爭先恐後地向那艘快艇上爬，手上有刀的，刷刷地揮舞着，將已攀上船舷的人的手指，一齊砍落。

而里加度的兩艘快艇，仍然守住了出口，重機槍也在不斷地掃射着。慘叫聲、槍聲、馬達聲。以及島上似未停歇的隆隆聲，飄在海面上的斷肢殘體，被染紅了的海水，濃烈的血腥味和火藥味——這一切，交織成了可怖之極的場面，連我和宋氏兄弟三人，也不禁看得心驚肉跳。

我們一齊回去看紅紅時，只見她緊緊地咬着嘴唇，面色蒼白到了極點。

宋富連忙道：「紅紅，你沒有什麼吧！」

紅紅道：「我不相信，我不相信！」

宋富道：「你不相信什麼？」紅紅道：「我不相信這是事實。」我插嘴道：「紅紅，相信你一定可以勝過你那些到吃人部落的朋友了。」

紅紅深深地吸了一口氣，雙目仍是一眨不眨地看着海面上。

只見那艘快艇上的人愈來愈多，簡直像是一塊爬滿了螞蟻的木頭一樣，而沒有多久，那艘快艇。便因吃重不住，而沉了下去。

快艇一沉，剛才拚命搶上快艇的人，又紛紛躍了下來，向出口處游去。

那環形島和泰肖爾島之間的這片海面，這時正是落潮時分，海水向外很迅速地流去，所以，已死的、未死的、已受傷的，所有浮在水面的人，一齊向那出口處，湧了過去。

而很快地，便有幾個人，衝過了重機槍的火網，接近了里加度的快艇，並躍上了甲板。而那兩艘快艇也立即向外馳去，快艇馳去之後的情形如何，我們看不到了。

但可想而知，那幾個躍上里加度快艇的人，一定要死在里加度之手的。

快艇一走，未受傷的人，翻身上了小划子和橡皮艇，順着海流，浮了出去，已受傷或已死的人，就在海面上，重又恢復了一片平靜！

我們四人一齊鬆了一口氣，宋堅道：「經過這一場殘殺，只怕泰肖爾島上，也沒有胡克黨黨徒了！」

宋富道：「胡克黨黨徒是沒有了，但是用這個計策，將胡克黨黨徒趕跑的人，卻比胡克黨黨徒更厲害，而且，他們是何等樣人，我們也不知道。」

我一聽宋富如此說法，心中不禁猛地一動，道：「會不會是白老大和白素？」

宋富一聽，默然不語，宋堅道：「我也想到可能是他們了，我想除了白老大，只怕也難有第二人，有這樣的妙計！」

宋富顯然不服氣，道：「如果不是他們這一搞，我們的『冬隆尼尼』也還不是一樣起作用？」

我和宋堅兩人，為了免傷和氣，便沒有和他爭辯，我心中暗忖，「冬隆尼尼」雖然也一樣可以達到打敗胡克黨黨徒的目的，但是比起製造假的火山爆發來，氣魄上卻不知差了多少！

宋富見我們不出聲，他便也不再說下去，我們都靜默了一會，紅紅才道：「我們還呆在這裏作什麼？該到泰肖爾島去了！」

我連忙道：「說得好，我們不必再游水去了，退回去將快艇駛進來吧！」

宋富道：「不好，島上製造爆炸的究竟是何等樣人，未曾弄明之前，我們的行藏，還是不要太暴露的好！」

宋堅道：「那我們還是游泳去吧！」

我和紅紅點了點頭，我們四人，再度躍入水中，向前游去。

半個小時之後，已經先後上了岸，宋堅道：「由我領先，你們跟在我的後面。」

我道：「宋兄弟照顧紅紅，我來殿後。」

第十九部

火山爆發

宋富也沒有異議，我們四人，沿着海邊，走出了幾十碼，尋到一條羊腸小徑，向一個山頭上爬去，不一會，便到了山頂。

向下看去，只見島上所有的建築物，似乎全都毀去了，而整個島上，卻靜悄悄地，像是一個人也沒有。那個「火山口」中，兀自在冒着濃煙。

宋堅呆了一呆，道：「難道那兩下爆炸，竟不是人為的麼？」

宋富自言自語道：「沒有可能！」

紅紅問道：「那麼，製造爆炸的人呢？」

我們都回答不出這個問題來，宋富道：「我們先到那火山口去看看再說！」

他說着，首先便向山下，衝了下去，我跟在他後面，很快地便來到了山腳下，正待向那個有火山口的山頭奔去，忽然，聽得「啪」的一聲，有一塊拳頭大小的石頭，落在我們的身旁。

我們立即循聲看去，在我們轉身去觀看之際，宋富已經立即拔槍在手！

但是，在一看之下，我們都不得不舉起手來，宋富也只得悻然地將槍棄去。

只見居高臨下，在兩塊大石的中間，白奇偉握着一柄手提機槍，正指着我們。

看白奇偉的神色，像是十分憔悴，但是他手中有着這樣厲害的武器，而且，和我們相隔甚遠，他恰好將我們制住，而我們卻難以向他撲過去！

我們面面相覷，一句話也說不出來！

白奇偉哈哈大笑，向天掃射了一排子彈，島上本已十分寂靜，這一排子彈聲，聽來更是驚心動魄，白奇偉笑道：「各位忙了幾天，結果仍舊一樣，一齊落在我的手中！」

宋堅道：「奇偉，快放下槍，令尊也到這裏來了！」

白奇偉又是哈哈一陣笑，道：「他老人家如果來的話，那麼到了這裏，你們已經死了，是被胡克黨黨徒殺死的！」

白奇偉對「被胡克黨黨徒殺死的」那句話，說得語音十分重。

剎那之間，我們四人都明白了他的意思，不禁一句話也講不出來！那顯然是白奇偉已下定決心，要將我們殺死，那時我們的死，算在胡克黨黨徒的身上，反正死無對證，他卻可以置身事外！

我素知白奇偉的陰險奸詐，心中雖然憤慨，但是不感到什麼意外，宋堅則怒喝道：「奇偉！」

白奇偉哈哈大笑。

白奇偉的手提機槍的槍口，已經向下壓來，漸漸地對準了我們，手指也慢慢地緊了起來，宋富一聲大喝，待向前衝去，但卻被宋堅一按，喝道：「伏下，滾開去！」

我連忙伸腿一勾，將紅紅也勾踢在地，我們四人，一齊倒在地上，準備向外滾去，以作萬分之一機會的逃走之舉。

但是，就在此際，卻聽得斜刺鈎，傳來了「嗤」的一聲響。

那一下聲響，來得急驟之極！幾乎是在同時，「錚」的一聲，白奇偉手中的手提機槍，已被什麼東西擊中，向上猛地一揚。

就在那電光石火的一剎那間，一排子彈，呼嘯而出，但因為槍口向上揚了一揚，所以一排子彈，都在我們頭上掠過。

而緊接着，又是「嗤」的一聲，這一下，我們都已經看清，一點銀星，奔向白奇偉的手腕，激射而出，去勢之快，無以復加！

白奇偉向旁一避，未曾避開，手腕已被擊中，痛得他「啊」的一聲，怪叫起來，手中的機槍，也落下來，我、宋富、宋堅三人，幾乎同時，一躍而起，向那柄機槍撲去。

但是，我們三人的身法雖快，卻還不如另一人快！

那人從草叢中掠了出來，身如輕煙，貼地掠來，我們只覺得眼前一亮間，那人已將手提機槍，抄在手中，我們三人，都吃了一驚，連忙站定身形，定睛看時，只見那人，白褲綢衫，長髮垂肩，不是別人，卻正是白素！

我們呆了一呆，尚未出聲，已聽得白奇偉失聲道：「妹妹！」

白奇偉這一聲「妹妹」之中，實是充滿了驚駭之意！白素回過頭去，道：「哥哥，你好事也幹得太多了！」

宋堅忙道：「令尊也來了麼？」

只聽得一個蒼老的聲音接口道：「我也來了！」

我立即聽出那是白老大的聲音！

我連忙迎了上去。道：「我們早就猜到，那是你的妙計了！」

白老大向我笑了一下，道：「你們辛苦了！」

白素一出現，白奇偉的面上，便一陣青一陣白，這時，白老大一現身，但是卻又看都不向他看一下，白奇偉更是面色難看之極！

白老大和我們都握了手，伸手在宋富的肩頭上拍了拍，道：「你果然和你大哥一模一樣，那二十五塊鋼板，被你設計取去，我佩服得很！比你大哥強得多了！」

剛才，宋富和白老大，在握手之際，還顯得十分勉強，但這時聽得白老大如此稱讚他，卻喜得哈哈大笑起來，道：「白老大太客氣……」

白老大笑道：「宋兄弟，你說是不？」

宋堅道：「確然是，其實，他一直比我強，只不過脾氣執拗些罷了！」

宋富不斷笑着，顯得他心中，十分高興，可能他一生，從來也未被人如此稱讚過，當然，更重要的是稱讚他的人，是極有身分地位的白老大。

我們說笑了一會了，宋堅道：「老大，這次我們爭奪這筆財富，各出奇謀，奇偉雖然做得過份些，但年輕人難免有爭勝之心的……」

白老大一聽得宋堅說起了白奇偉，面色立即一沉，道：「宋兄弟，這畜生如此不肖，不能留了！」

我們一聽得白老大威嚴無匹地講出了這樣的一句話來，都不禁吃了一驚，白奇偉的面色，也為之一變，但是隨即他面上，又現出了極其倔強的神色來，叫道：「如果我做得過份，他們早已沒命了，好幾次落在我手中的，不是他們是誰？」

我一聽得白奇偉如此說法，心中也不免生氣，冷冷地道：「白兄，你也曾落在我們手中多次，難道你竟忘了麼？」

白奇偉「哼」的一聲，道：「剛才，若不是阿爹趕到，你們又怎麼樣，可知——」

他話還未曾講完，白老大便厲聲吼道：「住口！」

白奇偉一挺身，道：「不說便不說！」

白老大面色鐵青，道：「你這畜生！」他一面罵，一面反手便摑，但宋富卻立即身形一晃，手伸處，將白奇偉推了開去！

同時，他左腕翻處，一掌迎了上去！

兩人手掌相交，只見宋富「騰」的一聲，向外跌出了一步，白老大卻仍是兀然而立！

宋富的神色，微微變了一變，道：「白老大，且慢！」

白老大道：「宋兄弟，你要為這畜生說情麼？」

宋富道：「白老大，他年紀已不小了，縱使有錯，也要責得令他心服！」

宋堅忙道：「說得是。」

宋富道：「我有一個辦法，可以令他，心服口服。」

宋堅忙道：「你既有辦法，還不快說？」

宋富一笑，道：「我看，奇偉老弟，主要還是對衛兄弟不服氣，是不是？」

白奇偉冷笑一聲，低聲自言自語道：「衛斯理是什麼東西？」

我勃然大怒，正待發作，但是只覺得一隻柔軟的小手，按到了我的手背之上。

我抬頭一看，只見白素已站到了我的身邊，將手放在我手背上的正是她，她向我微微一笑。我自然可以意會得到。在她那一笑之中，不知包含了多少由別離以來，要向我傾訴的話！

我滿腔怒火，剎那之間，便煙消雲散了！

只聽得宋富道：「奇偉老弟，你並未曾找到那筆財富，是不是？」

白奇偉悻悻然地「嗯」了一聲。

宋富又說道：「白姑娘和白老大，是否已經有了一點頭緒？」

白老大和白素一齊搖頭道：「沒有。」

宋富道：「這就好了，奇偉老弟和衛兄弟，兩人不妨各自殫智竭力，去思索那筆財富埋藏的地點，以爭長短，誰先想出來，誰便得勝！」

我一聽得宋富如此說法，心中不禁一怔。因為，那筆財富，究竟是被于廷文藏在什麼地方，我實是毫無頭緒！我立即向白奇偉看去，只見他也大有意外之色，我知道他也一樣不知道。

既然大家都是茫無頭緒，我又豈甘示弱？因此我立即道：「好，這可比動手腳文雅多了！」

白奇偉立即道：「好就好！」

宋富一笑道：「好，那我們便一言為定了，我看，我們大家，也可以思索一番，但是卻不能將想到的講給奇偉老弟和衛兄弟聽。」

白老大點了點頭，道：「讓他失敗一次，也好挫挫他的驕氣，別讓他自以為自己不可一世。」

白奇偉道：「阿爹，你說我一定不如人家麼？」

白老大苦笑道：「你能夠比得過人家，我歡喜還來不及哩，只怕你不能！」

白奇偉不再說什麼，宋富道：「我們該向那有石碑的山頭下去了。」

白素道：「我們帶來的東西食物，也全在那個山頭上。」

一行眾人，一齊向那個山頭走去，一路上，我們向白老大說起了經過，白老大和白素兩人，也講述了他們趕來此處的經過。

原來，我們四人，才翻上環形島的山頭，看到兩枚水雷也似的浪花，就是白老大和白素兩人。那是白老大設計的一種小型水中推進器，負在背上，可以令人在水中迅速的前進。

而白老大在那個火山口中，佈下了大量的烈性炸藥，又在海邊上，也佈下了炸藥，同時爆炸，看來當真像真的火山爆發一樣。

我看到白老大在講述的時候，宋富好幾次待要開口說話，但是卻終於未曾出聲。

我知道宋富是想說，這樣做法，是可能令得靜止了的火山復活的那件事，他終於未曾說出來，當然是為了尊重白老大。

我們到了那個山頂上，天色早已黑了。

在山頭上，白素和白老大兩人支起的帳篷，剛好給咱們用，白素和紅紅兩人，有說有笑，顯得十分親熱。我們燃着了一個大火堆，圍着席地而坐，吃飽了乾糧，在宋富和白奇偉的談話之中，我才知道，白奇偉和里加度兩人，提了那隻大鐵箱，用盡心機，打了開來，箱內卻是空空如也，一無所有！

里加度一怒之下，將白奇偉關了起來，因為兩次爆炸，震毀了建築，白奇偉才得以脫身，他根本不知白老大和白素已經來到，他是在前往查看火山口的途中，和我們遇上的。

我們談説着，在不知不覺間，已經到了午夜。

白素和紅紅兩人，已經進了一個帳篷，我們幾個人，都準備露天而臥。

在這時候，突然，遠處響起了「隆隆」的巨響，那聲音，十分沉悶，起自地底，震人心弦，緊接着，便看到不遠處的一個山頭上，冒起了一道紅光，筆也似的一道，衝向霄漢！在那一瞬間，我們都為之呆住了！

那一道紅光，不一刻，便自隱沒，而又傳來了一陣嗤嗤之聲，有許多濃煙，噴向半空。那種隆隆之聲，也靜了下去。

我首先道：「是那個火山口！」

白素也從帳篷中走了出來，道：「爹，可是炸藥未曾全部爆發，留到現在麼？」

正在説着，又是一陣「隆隆」聲，從地底下，傳了過來，整個山頭，都像是在震動！白老大霍地站了起來，道：「不是，是我曾經預料到的最壞情形出現了！」

宋富道：「火山真的爆發了！」

我們都靜了下來，這時候，卻又沒有再聽得有什麼聲音。只見從那個火山口處，濃煙卻在不斷地冒着，我連忙道：「我們快撤退吧！」

白老大等人，尚未出聲，只聽得白奇偉冷冷地道：「衛斯理，你不敢和我比試下去了麼？」

白奇偉正站在一塊石碑的面前，冷冷地望着我。

我明知在這種時候，和他去意氣鬧事，是沒有什麼好處的，但是我卻絕對無法忍受他那種盛氣淩人的神情，我冷笑了一下，道：「好，那麼，我們兩個人留在這裏，其餘的人先撤退好了。」

宋富站了起來，道：「我對火山還有點經驗，讓我先到火山口去看看情形如何？」

宋堅道：「兄弟，小心！」

宋富道：「大哥，你放心！」

他們兩人的對話，雖然簡單，但是充滿了友愛之情。紅紅自在帳篷內，頭卻伸了出來，叫道：「教授，等一等，和我一起去。」

宋富笑道：「你不能去，怕燒焦了你的頭髮不好看。」

紅紅大聲道：「不行！」

我忙道：「紅紅，別任性，宋兄弟去去就來的！」紅紅這才老大不願意地點了點頭。宋富向山下跑了下去。我們都不出聲，白奇偉繞着那四塊石碑，團團地轉着，顯然他不準備放棄任何的時間，去思索這一個問題，以求勝過我。

我知道白奇偉的智力過人，我當然不願意輸在他的手下。

因此，我也向旁走了出去，背負雙手，苦苦思索。

我知道，宋富在提出這個辦法之際，心中也是希望我獲勝。

但是，他又怎知我一定能獲勝呢？莫非他在那小島上曾説過，「共透金芒」那一句話，真的是藏寶的關鍵，而那一句話，究竟是什麼意思，卻也難以弄懂。

我一個人，踱來踱去，足足踱了一個小時。而腦中仍是一片空白。

在這一個小時，我思路被遠處傳來的隆隆聲，打斷了兩次。遠處的火山口，看來已經現出了一團暗紅。又過了半個小時，宋富才回到了山頭上，他的面色，十分難看，道：「情形不十分好。」

白老大忙道：「怎麼樣？」

宋富道：「光從那個火山口，還看不到什麼厲害，和普通的小型火山爆發差不多，即使有熔岩，也不足為害，但是我在一路上，卻發現有三個地方，裂開了七八碼長的裂口，有白煙冒出！」

白老大吃了一驚，道：「你是說，這整個島下，也是一個火山口麼？」

宋富道：「我不敢肯定，但是看這情形，卻是十分像。」

白老大來回踱了幾步，道：「我看，還是留我一個人在這裏的好。」

宋堅忙道：「這是什麼話，我們又不是真的要看白奇偉和衛兄弟兩人，爭強鬥勝，還不是為了七幫十八會弟兄的這筆財富？要走就一齊走。」

白老大道：「我相信，如果真的島下有火山口的話，我們到時，根本沒有機會！」

我揚頭向白奇偉看了一眼，冷冷地道：「我不走！」

白素叫道：「你……」

我望着白奇偉有些微微變色的面孔，道：「留在這裏，不僅可以比比智力，也可以比比勇氣！」

白素叫道：「那是匹夫之勇！」

我笑道：「是不是情況真的那麼嚴重，還未可逆料哩！」

白素頓足道：「阿爹，你看他！」

白老大道：「別吵，我們且等到天明再說，看看是不是會有意外的變化。」

宋堅道：「今晚上──」

白老大道：「我看今晚絕不會有什麼劇烈的變故的。」

宋富道：「不錯，我們且等到天明再說，別為山九仞，功虧一簣！」

白素堅持道：「我始終認為，咱們不值得冒這個奇險！」

我想了一想，道：「這險是值得冒的，但是卻沒有必要這麼多人，一齊冒險，我看，還是留我和奇偉兩人在這裏好了。」

白老大目視宋富，道：「宋兄弟，你剛才勘察的情形，究竟怎樣？」

宋富苦笑了一下，道：「白老大，你該知道，火山和女人一樣，是最難捉摸的，一分鐘之前，平靜無事，一分鐘之後，便能毀滅一切！」

白老大來回踱了幾步，便道：「好，那我們便先撤到環形島上去，留衛兄弟和奇偉兩人，在這個島上，但如果情形一有異樣的變化，你們兩人，也必須立即撤退！」

白素道：「爹，照我說，他們兩人的意氣之爭，不繼續下去也罷。」

白老大向我望來，顯然是他心中也有這樣的意思，如今是正在徵求我的同意。

我在經過剛才和白奇偉的爭持之後，早已決定了絕不示弱，因此忙道：「如果白兄認為不必堅持，我也就不會反對！」

白奇偉身在兩三丈開外，立即大聲道：「才講得好好地，誰又想反悔？」

白老大面色一沉，道：「好，那我們先離開泰肖爾島再說！」白素面上，現出了極其憂慮的神色來。其實，我焉有不知道留在一個火山已在開始蠢動的島上，是危險之極的事？

但是，連白奇偉都表示了不畏懼，我又豈能怕事畏縮，我向白素走了過去，低聲道：「你放心，我答應你，如果情形不妙，我一定不爭這口閒氣，盡快離開泰肖爾島！」

白素勉強一笑，四面一望，只見眾人正在收拾着行囊，準備離去，並沒有注意我們，她便低聲道：「你可有頭緒？」

我搖了搖頭，白素道：「我和爹都研究過了，認為關鍵，在於『共透金芒』這四個字，而且——」

白素顯然還有些心得，想要再講下去，但是我卻立即阻住了她的話題，道：「你別說了！」

白素愕然道：「為什麼，這對你有利啊！」

我道：「不錯，但是我和你哥哥的鬥智，卻要公平才行，我不想佔他的便宜，因為我自認絕不會比他差，勝也要勝得心服！」

白素望了我半晌，面上現出了十分欽佩的神色，最後，低下頭去，道：「我總算沒有看錯人！」她一面說，一面雙頰又自飛紅起來，嬌羞一笑，翩然向外，奔了開去，我只覺得心頭有着說不出來的甜蜜，望着她忙碌收拾行囊的背影發怔。

沒有多久，他們已經下了那個小峰，離開了泰肖爾島了，我站在山頭上，一直看他們走得看不到了，才轉過身來，只見白奇偉對於周圍發生的一切事，像是根本未曾注意一樣。

他以一隻手指，插在那塊刻有鳳凰圖形的石碑的那個小孔之中，雙眉緊皺，苦苦地在思索着。

我看到他那樣用心，也立即將野馬似的思緒，收了回來，因為我絕不想落在白奇偉之後，而白奇偉已經思索了一兩個小時，我卻還未曾開始探索，非加快追上去不可了！

我也踱到了一塊石碑附近，停了下來。

那塊石碑上刻的，是龍形的圖案。我手撫摸着石碑，心中翻來覆去地唸着那二十五塊鋼板後面所刻的幾句話，唸了十七、八遍，心中仍是一片茫然。

我也同意，這幾句話中的關鍵，是在於「共透金芒」這四個字。

然而，「共透」是什麼意思呢？「金芒」又是什麼意思呢？如果說「金芒」

是代表着光芒的話，那麼，「共透金芒」，當然是那四個眼孔，一齊有光芒透過。然而，白奇偉照着這個方法，尋求到的地點，卻是只掘出了一個空箱子。

我知道，于廷文當年，留下那幾句話，一定是另有奧妙在內的，這奧妙，說穿了可能很簡單，但在未明究竟之前，卻又可能使人絞盡腦汁。

我呆呆地站在石碑之旁，一面思索着，一面也學白奇偉，將手指插入龍眼之中，這本來是在無聊之際的一種下意識的舉動。

只是，我的手指，在孔眼之中，插了一會之後，我卻忽然有所發現，我發現，我所插的那個孔眼，竟是斜的，所以，孔眼看來，是扁圓形，也更像是眼睛。因為孔眼是斜的，所以，前次白奇偉以電筒透過孔眼照射之際，光線才會投在遠處的地面上。

那麼，如果在石碑的另一面，以電筒照射的話，光線透過孔眼，便應該向天上投去了。那筆財富，當然不會埋在天上的。

但是，我們如今所立的這個山峰，卻不是最高的，如果有強烈的光線的話，只能在透過那四個石碑的孔眼之後，會在另一個山峰上，出現一個焦點。

強烈的光線，不是可以被稱為「金芒」的麼？

我心中不禁大喜，連忙踱出幾步，在地上取起了白老大他們，所留下來的一具腳踏發電，電光十分強烈的電筒，將之搬到了青龍形的石碑之旁，踏動了摩電輪，電筒立即射出了一道強光來。

我的行動，引起了白奇偉的注意，他冷冷地向我，望了過來。白奇偉冷笑了一下，道：「怎麼，空鐵箱還掘不夠麼？」我並不出聲，先將電筒，湊在石碑正面的孔眼上，強光投在山頭，那是白奇偉曾經掘過的地方。

白奇偉不住的冷笑着。然而，我立即身形一轉，轉到了石碑的反面。我不斷地踏着摩電輪，使得電筒的光芒，更其強烈，如同小型探照燈一樣。然後，我又將電筒，湊到了孔眼之上。

只見一道強光，向上直射了開去，在黑暗之中，劃空而過，十分刺目，那道光芒，足足射出了兩百多碼，停在對面的山頭之上。

我看得非常清楚，光芒停留的地方，長着一棵松樹，松樹下面，還有着一塊十分平整的大石！

我心頭不禁劇烈地跳動起來！

當我回頭去看白奇偉時，只見他的面色，顯得十分地難看。

我連忙又將電筒，搬到了虎形石碑之前，將電筒的光芒從孔眼之中，射了上去。只聽得白奇偉「哈哈」大笑，我面上不禁一陣發熱！

原來，那一道光芒，並沒有如我所想像的那樣，也照到了那棵松樹之下大石上，而是向無邊無際的黑暗，射了過來，連個落點也沒有！

白奇偉笑了半晌，道：「空中寶藏，是不是？」

我冷冷地道：「和掘出空箱倒有異曲同工之妙！」

白奇偉狠狠地瞪了我一眼，我們兩人，都不再說什麼，又苦苦地思索起來。

剛才，我還以為自己的發現，已經接近了成功的邊緣，可是，那由虎眼透過的光芒，竟向空中射去，寶藏自然不會藏在半空，這個方法，無疑是失敗了。

看了看手錶，已經是午夜一點鐘了，我和白奇偉兩人，卻沒有睡意，我們不住地踱來踱去，忽然之間，從地底下，又傳來了一陣隆隆之聲！

那陣隆隆之聲，像是以島上某一點作中心，波浪一樣，向外擴展出去的！

而當隆然之聲，傳到我們的腳底之際，我覺得整座小山頭，在輕輕地搖動。而緊接着，我們又聽得一種異樣的「嗤嗤」聲，放眼望去，只見島上有好幾處地方，正冒出白煙來。

我還看到，我們所站的那個山頭之下的一條小溪的溪水，迅速地在向下流下，像是溪底突然漏了一樣，轉眼之間，滿溪的溪水，都不知去向，溪底的石塊，醜惡地暴露在月光之下，許多蟾蜍，在漫無目的地跳着，發出「咯咯」的叫聲。

我和白奇偉都同時注意到了那條小溪的溪水突然乾涸一事，我們兩人，相互望了一眼，都講不出話來，就在這個時候，白老大留下來的那具無線電對話機，發出了「滴滴」的聲音，傳了過來，道：「島上怎麼了？」

我道：「感到全島都有輕微的震動！」

白老大又道：「沒有其他的變化麼？」

我道：「有，一條小溪，無緣無故，溪水都乾涸了！」

只聽得宋富「啊」的一聲，道：「那是地層已經變化，溪水從斷裂的裂縫中泄走了！」

我又聽得紅紅叫道：「表哥，你沒有事麼？」

然後，便是白老大的聲音，道：「奇偉呢？」

白奇偉踏前一步，道：「我在。」

白老大道：「你還要繼續留在島上麼？」

白奇偉濃眉軒動，吸了一口氣，道：「是。」

白老大道：「好，可是如果再有變化，我命你們離開，你們一定要離開！」

白奇偉道：「到那時候再說吧！」

白老大「嗯」的一聲，像是在對環形島上的其他人道：「別對他們通話，打擾了他們的思緒。」

通話機靜了下來，我又呆了一會，向小山下望去，月色仍是十分皎潔，在我目光所及的地方，總有十七、八處地方，是在冒着白煙的，而冒白煙之處，地上都有着又寬又深的裂縫。

那個曾被白老大投以巨量炸藥的火山口處，另有一種沉悶的，如同密集的鼓聲也似的聲音，傳了過來，聽了令人驚心動魄。

我知道，我們再在泰肖爾島上耽下去，實是隨時隨地，都可能發生危機！

但是我卻並沒有就此退卻的意思。

那不僅是為了好勝心，而且，還為了那一筆財富，如果火山爆發變成了事實，那麼，這一筆驚人的財富，也將化為灰燼了！

我又回到了那四塊石碑之旁，不斷地唸着那幾句話，只見白奇偉蹲在地上，將那幾句話，以小石塊在地上劃了出來，他寫的是「朱雀之眼，白鳳之眼，白虎之眼，青龍之眼，共透金芒，維我弟兄，得登顛毫，重臨之日，重見陽光。」

他寫完之後，也是一眨不眨地對那幾句話看着，我走了近去，看了一遍，冷笑一聲，道：「奇偉兄，你將第一句和第二句的次序顛倒了，第一句是『白鳳之眼』，第二句才是『朱雀之眼』！」

白奇偉「哼」的一聲，道：「那有什麼關係，還不是一樣的？」

第二十部

秘密揭開龍爭虎鬥

我在指出白奇偉這一套錯誤之際，心中也以為第一和第二句的次序顛倒，無關宏旨。

可是給白奇偉那麼一說，我心中大不服氣，立即道：「你怎麼知道沒有關係？」我一面說，一面心中才想是啊，這四塊石碑，在二十五塊鋼板之後的文字中，有着次序的，那次序是否有關係呢？

白奇偉卻冷冷地望了我一眼，不再睬我。

我又將他寫在地上的那幾句話，看了幾遍，在看到最後一句的時候，我心中，陡地一變！

陽光！對了，只有陽光，才配得上「光芒」，那麼，共透金芒，一定是那四個孔眼，共同為陽光射過了，那一定是在陽光升起的十幾小時之中，有那麼一剎那，陽光是共同射過那四個孔眼，而聚在一個地點的，所以才叫「共透金芒」！

我心頭大喜，搓了搓手，可是，我只高興了幾分鐘，心中卻又冷笑了下來。

原來，我立即發現，那四塊石碑所豎立的方向，絕不可能同時透過陽光。

除非天上有四個太陽，從四個不同的方向來照射！

我頹然地在地上坐了下來。

然而，我心中卻知道，我已向事實邁進了一步，因為我已經想到了，「金芒」乃是指陽光而言。

我一面思索着，一面看着白奇偉。

只見白奇偉忽然一躍而起，抬頭看了看天上，面上現出歡喜的神情，又向那四塊石碑望去，但沒有多久，他面上歡喜的神情，也化為烏有了！

我一見了這等情形，心中不禁好笑！

從白奇偉的神情來看，他分明也和我一樣，想到了陽光，但是也隨即發現，要陽光同時射過石碑上的孔眼，是沒有可能的事。

我笑了一下，道：「最好有四個太陽，是不是？」

白奇偉面露驚訝之色，似乎頗奇怪我能夠看穿他的心事，頓了一頓，惡狠狠地道：「你見過四個太陽麼？」

我心平氣和地道：「沒有，但是我見過幾個月亮。」我本來是和白奇偉開玩笑的，見他怒視不言，我立即道：「杭州西湖的三潭印月，那三個空心的銅柱，不是可以將月亮的影子，在湖面之上，化為九個……」我才講到此處，我自己的心中，便猛地一動！

而看白奇偉時，他的身子，也是猛地震動了一下！

我們兩人，在旋地一呆之後，幾乎又在同時，「啊」的一聲，叫了起來，我自地上，一躍而起，道：「你也已經想到了？」

白奇偉望了我半晌，道：「我想到是我的事，你問我作什麼？」

我道：「好，我也並沒有說你想到了，是因為我的話的提示，但我們至少是同時想到這一點的。」

白奇偉道：「究竟是不是，如今也不知道，又有什麼可以多爭的？」

我又想了一想，道：「除非這筆財富，不在泰肖爾島上，要不然，除了這次想到的辦法之外，絕不會再有第二個辦法了。」

白奇偉道：「你倒說說，是什麼辦法？」

我一笑道：「你何不先說說？」我們兩人僵持了片刻，當然誰也不肯先說。

過了五分鐘，我道：「好，我想到的這個辦法，在尋找寶藏的地點之際，要動用一件小小的道具。」

白奇偉道：「我想到的也是這個辦法。」

我道：「好，那麼我們不妨翻過身，背對背，然後，將這件道具，取在手中，再拿出來比一比，看看大家所想到的可相同。」

白奇偉忙道：「好！」我們兩個人，一齊轉過了身去。

我伸手在衣袋中，取出了一件東西，握在手中，然後道：「你準備好了沒有？」

白奇偉沉聲道：「我早已準備好了！」

我道：「好，那我叫一二三，一齊翻過身，伸出手來。一——二——三」

我那個「三」字，才一出口，身子一轉，轉了過來，看到白奇偉也已轉過身來。然而，就在我們要互一伸手之際，只聽得一聲震天動地的巨響，同時，眼前突然呈現了血也似的紅色，只見白奇偉的整個人，像是一個火人一樣，而也就在那同時，我們的身子，都晃動了一下，仆倒在地上！

直到跌倒在地上，我才定了定神，只見那種充滿了死氣的紅光，籠罩着整個泰肖爾島，我自己全身，也變成了這種暗紅色。我伏在地上，定眼看去。

只見那種光芒，是從那個火山口所發出來的，那火山口附近，有着蠕蠕而動，暗紅色岩漿，向下流去，而大大小小，如同燒紅了的煤塊也似的石塊，卻如同正月鈎的花炮一樣，向半空之中射出，落下之處，樹木都起火燒了起來。轟轟隆隆的聲音，震得人臉門也發漲。我站了起來，才聽得無線電對話機，「滴滴滴」不斷地在發着響聲。

我連忙走了過去，才一開掣，便聽得白老大的聲音，在叫道：「……撤退，快撤退，撤退，快撤退！奇偉，衛兄弟，你們聽得到我的聲音麼？撤退，快撤退，快撤退！」

同時，只聽得白素焦急地道：「爹，怎麼沒有他們的回音啊？」

我連忙道：「我們全沒有事。」我一面說，一面望了望白奇偉，只見白奇偉面色蒼白，茫然地站着。

白老大道：「快退！」

我搖了搖頭——當然白老大是看不見的——道：「不，只要天一亮，我們便可以找到準確的藏寶地點，在找到了準確的藏寶地點之後，我們兩人合力，如果順利的話，有兩個小時，便可以發現寶藏了！」

白老大不等講完，便道：「放棄了這筆寶藏吧，你們兩人，再在這島上，太危險了！」我道：「這要看奇偉兄的意思如何。」

白奇偉大踏步地向而走來，道：「不！」

我立即道：「我也同意，現在已經是凌晨三時了，再過五、六個小時，如果沒有過劇的變化的話，我們就可以發現寶藏了！」

白老大道：「不行，我命你們，立即撤退。」

只聽得宋富道：「白老大，他們兩人，既然不願，你又何必相逼？我看，我們這環形島，也未必是安全的地方哩！」

白老大厲聲道：「奇偉，你聽到我的話？」

白奇偉突然一俯身，捧起了一塊大石，在我還來不及阻止他之前，他已經將那塊大石，向着通話機砸了下去，將通話機砸成了粉碎，白老大的話，當然也聽不見了！

我呆了一呆，自然知道他這樣做法的意思，是不願意撤退，我站了起來，道：「好，我們要大家拿出來看一看的東西是什麼，該揭曉了！」

他點了點頭，我們一齊伸出手來。

在我們伸出手來的時候，我們是還握着拳頭的。然後，我們將手一鬆，各自向對方的手心之中看去。只見兩人的手心中，全是一面小小的鏡子！

白奇偉面上的神色，微微一變，道：「如果我們的想法不錯的話，那麼，這一次比試，又是不分勝負了？」

我哈哈一笑，道：「以後還怕沒有比麼？」

白奇偉道：「既然我們兩人的想法一樣，那我們應該合作才是。」

我道：「我也正這樣想，島上的火山，隨時可能爆發，甚至整個島上也可能陸沉，我們的動作，越快越好，但首先要等太陽升起。」

白奇偉點了點頭。

我續道：「我的看法是，那白鳳之碑上的孔眼，是向着東方的，在太陽升起之後不久，陽光一定會從孔眼中透過，從白鳳之眼中透過的陽光，以鏡子折射，引到朱雀之眼中去，令之在朱雀之眼中透過，再以鏡子，引到白虎之眼，然後，到最後，從青龍之眼中射出的光芒，所照射的地點，便是正確的地點了。」

白奇偉點頭道：「我想的也正是這樣。」

我四面望了一望，忽然發現，就在附近的一個山頭之上，幾排樹木，正在搖晃着。

我不禁陡地一呆，然而，就在我一呆之際，那幾株又粗又大的樹木，卻像是被一隻無形無質的手掌，當作小草一樣地連根拔了起來，拋向一旁！

而緊接着，如同火車頭一樣，山頭上的深坑之中，冒出了白煙，立即，巨響便傳了出來，紅光迸射，暗紅色的岩漿，已像開鍋一樣地湧了出來！

這一切，可以說前後還不到一分鐘！

我和白奇偉兩人，都不禁看得呆了。

由於那個新爆發山頭，就在附近，因此，我們所佔的這個小山，也搖晃得特別厲害。而不斷湧出的岩漿，向山下緩緩地瀉來，眼看要將我們存身的這個山頭，盡皆包圍了起來！我立即向白奇偉望去。

只見白奇偉面色變了白，昂頭望着天，道：「咱們如今，來比比勇氣。」

我心中倒也的確十分佩服白奇偉的這股子勁，這股子硬幹的勁，白奇偉總算也有可取之處。

我自然不甘示弱，道：「好得很。」

我看了看手錶，離天亮還有些時，便向山下奔去，這時候，鄰近山頭的那個大洞，已愈來愈大，岩漿已不是湧出，而是噴了出來，我在向山下奔去之際，好幾次，險些為岩漿或是激射而出的石塊射中，我好不容易，來到了山腳下，只見岩漿已經湧了過來！

原來是一條小溪的地方，已經滿是冒着火焰，流着死意的岩漿了！

我一見到這等情形，便知道極其可能，在兩個小時，甚至不用兩個小時，我們所在的這個山頭，便會全為岩漿所圍，而沒有了出路！

而且，附近的山頭，既然已經冒出了岩漿，我們所在的那個山頭。也是隨時隨地，可以冒出熔岩來的！我一面想，一面仍在接近着熔岩。

熔岩的溫度，高達攝氏數百度，我未來到近前，已經是滿面油光，身子熱到了極點。我心中在急速地轉念，思忖着是不是要立即召喚白奇偉，趁有退路之際離開。

當然，我知道白奇偉既是一味蠻幹，我招他撤退，也非向他認輸不可，這卻是我所不願的，然而，比起退路為熔岩所封來，是不是值得呢？

我正在想着，只聽得白奇偉叫道：「快上來——快上來——」我昂起頭來，白奇偉的聲音，更清晰地傳入我的耳中，道：「不必——等天亮了——」

我一個轉身，向山頭奔了過去，但是只奔了兩步，便聽得身後，傳來了白素的聲音，叫道：「理——」我一聽得白素的聲音，突然傳入了我的耳中，不禁大大吃了一驚。

我連忙回過頭來，只見白素披頭散髮，衣衫破爛，樣子十分狼狽，正在如飛向山腳之下掠來，我連忙向前迎了過去，一面奔，一面叫道：「你怎麼也——」

可是，我下面「來了」兩個字，尚未出口，只聽得泰肖爾島的四面八方，都傳來了轟隆隆、轟隆隆的震動之聲，而腳下的地面，更如同風浪中的小舟一樣，劇烈地抖動了起來！

我因為正在向前飛奔，所以身子一個站不穩，便仆倒在地上。

我立即以肘支地一躍躍了起來，只見眼前，一片濃煙迷漫。在濃煙之中，隱隱可見遠處冒起了兩堆紅色的、蠕蠕而動的物事，可知熔岩已不止從一個火山口處，冒出來了。

我一躍起來之後，立即大叫道：「白素！」

只聽得就在我的身旁，也在同時，響起了白素的聲音道：「斯理！」

原來我們兩個人，相隔不到兩尺，但因為天動地搖，濃煙密佈，灼熱的空氣，湧擠而來，更形成了一股力量奇大的強風，令得樹拔草偃。如果真有所謂世界末日的話，那麼我們所處的這個環境，便是真正的世界末日了！

在這樣的情形下，令得我和白素兩人，相隔雖然只有兩尺，卻在相互大聲呼叫。

我一聽得白素的聲音就在近側，便立即轉過身來，剛好，白素也轉過了身來，我們兩人，立即緊緊地擁在一起，白素喘着氣，櫻唇煞白，道：「……快走……快走！」

我忙道：「你來的時候，路上情形是怎麼樣？」

白素頓足道：「別再多問吧，總之，再要不走的話，就沒有出路了！」

她一面說，一面便要拉着我向外走去。

我忙道：「不行，你哥哥還在山上哩！」

白素立即揚頭叫道：「哥哥，哥哥！」但這時候，島上充滿了不正常的旋風，白素的聲音一發出來，立即便被旋風捲走了，根本就不可能傳到山頭上。

我忙道：「不必多耽擱時間了，我上去叫他，你在附近，勘察退路。」

白素點了點頭，緊緊地捏了捏我的手，道：「你小心！」

我一個轉身，便向山頭上衝去，速度之快，連我自己，也有點出乎意料之感。

我一到了山頭上，便看到白奇偉正將馬達燈，固定在「白鳳」之眼上，電光由「眼」中射出，到達他挖出大鐵箱的地方，他人已蹲在那地方，以一面小鏡子，承接着光芒，將光芒反射到「朱雀之眼」中去，光芒已從「朱雀之眼」

中透過，落在另一處地方。

他見我來，便立即道：「來得好，你快將那道光芒，以鏡子折射到『青龍之眼』，我已經算出，日光只有在如今燈光所照的這個角度，才能由『白鳳之眼』中射過。」

我連忙來到了他的身邊，道：「你妹妹也來了！」

白奇偉道：「好啊，我們正少一個人幫手哩。」

我立即道：「咱們不找這個寶藏了，快撤退吧！」

白奇偉抬起頭來，道：「為什麼，寶藏眼看就可以到手了，為什麼不找？」

我道：「我上山來的時候，我們這個山頭，也有的地方，在冒白煙，白素來時，已經十分困難，再要不走，我們都得在這裏化為灰燼了！」

白奇偉突然「啊哈」一聲，道：「我知道了，看你面色發青，你一定是害怕了，是不是？」

我不禁被他的態度和他的話，激得無名火起，道：「誰害怕了？」

白奇偉道：「自然是你，你要走，你只管走好了！」

我實是忍無可忍，一躍而前，反手一掌，便已向他的肩頭攻出，白奇偉身手一側，一拳反擊我的腰際。

我因為看出白奇偉其人，不可理喻，和他多說，只有多耽誤時間，不如將之擊倒，帶着他下山，盡快離這個可以隨時將我們化為灰燼的泰肖爾島再說，所以我這一掌，出手極重。

但是，我在急切之間，卻忘了白奇偉也是在中國武術之上，有着極高造詣的人，我是不能三拳兩腳，便將他擊倒的！

這是我所犯的最大一個錯誤。

因為，如今每一分每一秒的時間，對我們的逃生來說，都是極其寶貴的，而我和白奇偉兩人，一動上了手，在山頭之上，卻足足打鬥了十多分鐘！

在這十多分鐘中，雖然我佔着上風，但白奇偉卻是一直纏鬥着，我們兩人，都打得極其兇狠，直到再一下大震動，將我們兩人震倒在地，我們才不得不停下手來，相互狠狠地對視着。

也就在此際，白素匆匆地奔了上來，她一眼便看出我們兩人，曾經經過了一場激烈的打鬥，她柳眉倒豎，道：「你們還在打架？」

白奇偉冷笑一聲，道：「好妹妹，沒有將你的心上人打壞了！」

白素頓足道：「哥哥，山下面，已全是熔岩了，只有一處地方，還可以通行，但我看，不到兩個小時，一定也被岩漿填滿，你走不走？」

我竭力遏制着心中的怒意，道：「而且，島上其它地方的情形怎樣，還不知道，快走吧。」

白奇偉卻一聲冷笑，道：「半個小時，再有十分鐘，我便可以發現寶藏了，誰害怕的，誰就請便，又沒有人拉住你們！」

白素失聲叫道：「哥哥！」

白奇偉冷冷地道：「你心中那有什麼哥哥，當心你的衛先生，莫給他嚇破了膽！」

在這個時候，我犯下了第二個錯誤，我怒不可遏，和這個性格近乎瘋狂的白奇偉鬥起氣來，一聲冷笑，道：「笑話，看看我和他兩人，是誰先害怕，誰先想離開！」

白素稍一失色，失聲道：「你們兩個人，可是都瘋了麼？」

我不再回答她，一個箭步，來到了「白虎之眼」的那塊石碑之旁，喝道：「將燈光折過來！」

白奇偉蹲下身去，移動着小鏡子，對於在一旁失聲叫嚷的白素，一點也不加理睬。

我看到白奇偉的面上，有一種近乎瘋狂的神采，我心中也不禁有一點後悔。但是我卻不能再退縮了，因為我實是無法忍受白奇偉狂妄的態度。

不一會，光芒已經從他手上那面小鏡子中，折射了過來，從「白虎之眼」中穿過，落在一處地方，我趕到了那個地方，取出小鏡子來，光線射在鏡子上，立即反射了出去。

這時候。我移動着鏡子，令那股光線從「青龍之眼」中，射了出去！每塊石碑的「眼」中，都有光芒透過，正合了「共透金芒」這一句話！

我定眼從「青龍之眼」中透出的光線看去，只見光線停止在一塊岩石上。那塊岩石的位置，是在這座山頭唯一的一面峭壁之上。

這山頭的上面，都十分平坦，上落也容易，要不然，里加度也沒有法子將掘土機搬了上來，我和宋堅，也不能滾下山去逃命了。但是。那山頭卻有一面峭壁，而且，十分陡峭。

我和白奇偉兩人，一見光線落在那塊岩石上，都一齊叫了一聲，向那塊岩石撲去。

我們撲到了一半，只見人影一閃，白素已經攔在我們的面前。

我立即停下來，但是白奇偉卻身形一側，繞過了白素，繼續向前撲去！白素道：「你們究竟是不是瘋了！」

我沉聲道：「剛才的情形，你是看到的了，我有什麼法子！」

我一面回答白素的話，一面抬頭向白奇偉看去，只見白奇偉已經來到了那塊岩石的旁邊，正抱住了那塊岩石，在用力搖晃。

也不知道是我眼花，還是這時候，根本是整個山頭，都在動搖，我竟看到，在白奇偉的搖晃之下，那塊大岩石，正在動搖。

我連忙飛奔着向前趕去，也就在我將要趕到之際，突然間，又是一陣轟隆隆地響處，整個山頭，都動了起來，我被一股不知由何而來，不可抗拒的大力，掀翻在地。也就在此際，我看到那塊大石，陡地向峭壁下跌了下去。

而由於白奇偉本來，是抱住那一塊岩石的，所以，他雖然鬆手得快，但是被那塊岩石，向下跌去的勢子一帶，再加上山頭在震動不已，身子向外一斜，也向峭壁之下跌去！

我一見這等情形，沒命也似，向前撲去，手伸處，一把抓住了他的衣服。不知是由於我用的力道太大，還是他下跌的勢子太猛，我伸手一抓之間，雖然將他的衣服抓住，但是「哇」的一聲響過處，他衣服，卻裂開來！

衣服一裂，白奇偉的身子，自然仍向下跌了下去，但是，卻總算給我阻了一阻下跌的勢子，我再伸手一撈間，恰好來得及將他的足踝抓住。

但是這一來，我的身子，卻也被拖得向前一俯，幾乎跌下峭壁去。

我緊緊地抓住他的足踝，不敢放鬆，俯首由下看去，只見白奇偉也正揚起頭來看我。

他的身子被倒吊着，一點憑藉也沒有，若不是我千鈞一髮之際，抓住了他的足踝，他早已向下落去了，而在峭壁之下，熔岩像小溪一樣，冒出暗紅色的火焰，在向前緩緩流去。

那塊大岩石，已經落在熔岩之上，白奇偉落了下去，自然是屍骨無存！所以，當白奇偉揚起面，和我打了一個照面之際，他的面色，顯得十分尷尬。我回過頭去，叫道：「快來！」白素一個箭步趕到，和我兩人，合力將白奇偉拉了上來，白奇偉向我望了一眼，像是要說什麼話，但是，他卻又沒有說出來。

正在此際，只聽得白奇偉叫道：「你們看！」我們一齊循他所指看去，只見那塊岩石墜下之後，原來從立着岩石的地方，出現了一個大洞，有着石級，通向下面去！

我和白奇偉兩人，又互望了一眼。毫無疑問，誰都可以知道，在這樣的情形之下，這個洞，便是通向于廷文埋財富之所的。

但是，我們的發現，卻是在這樣的一個時候！

白素連忙道：「快走！快走！」但是白素儘管催促得十分認真，我和白奇偉兩人，卻都默然不應。白素急道：「你們究竟怎麼啦？」

白奇偉吸了一口氣，道：「妹妹，我沒有什麼意見，一切聽衛大哥調派如何？」

白素直視着我，道：「你別再發神經了！」我也深深地吸了一口氣，空氣中，充滿了火焰的灼熱的味道，也充滿了死亡的危機。

我的心中，實在也難以決定！

試想，我們費盡了心機，經歷了多少鬥爭，才得以找到了那筆財富埋藏的正確地點。眼看一筆龐大已極的財富將可以落入我們的手中了，如果就此離去，實在難以甘心！

但是，眼前的情景，又是如此危急，遲一分鐘走，危險的程度，便增加一分！

白素見我們兩人，盡皆不出聲，怒極而笑，道：「虧你們還是男子漢大丈夫，這有什麼決定不下的？要錢就不要命，要命就不要錢！」

我立即道：「你這話可不對了，錢又不是我們自己的，奇偉可能還有份，我連份兒都沒有！」

白奇偉叫道：「衛大哥，咱們別聽婦人之言！」

白素「呸」的一聲，道：「哥哥，你胡謅些什麼，你得想想，若是你死在島上，爹那麼大的年紀，怎受得起打擊？」

白奇偉道：「爹是奇人中的奇人，他什麼打擊，都受得起的！」

我聽到他們兄妹兩人，在這樣緊要關頭，還在爭論不休，心中實是又好氣又好笑，忙道：「有時間爭論，不會去尋一尋麼？」

我的話才一出口，整個山頭，突然又傳來了一陣激烈的震動！

我們三人，本來就是站在那個地洞的口子上的，山頭一陣震動，我們三人，都站立不穩，身子一側，便向洞中跌了下去。

我們三個人，一齊跌進了洞中，我首先一個翻身，躍了起來，但也已滾下了十七、八級石級，已經來到了洞底上，白奇偉哈哈笑道：「既來之，則安之，妹妹，你也不必反對了！」

白素歎了一口氣，我和白奇偉兩人，早已四面察看形勢。石級下面，乃是由大石塊砌成，不過丈許見方的一間斗室。

在那間石室中，除了一個壁角上，堆着三隻老大的麻袋之外，空無一物，而石室的四壁，也全是石塊，看來毫無別的通道。

這時候，雖然我們身在這間石室之中，但是山頭的震動，我們仍然可以感覺到，我們像是被關在一隻籠子中，而那隻籠子，卻在不斷地震盪一樣，我們三人，都在東跌西撞，才能站穩身子。

白素大聲道：「什麼也沒有，我們該走了，再遲，什麼都來不及了！」

白奇偉面上露出不可相信的神色，不斷地道：「什麼都沒有，不應該什麼都沒有的啊，不應該什麼都沒有啊！」

我心中也是奇怪之極，因為我們所發現的一切，無疑是正確的埋藏寶物的地點，但是何以，斗室之中，只有三隻麻袋呢！

我一想到麻袋，心中便猛地一動！

那三隻麻袋，漲鼓鼓地，塞滿了東西，又何以見得麻袋中的，不是財富呢？寶藏是不一定要放在藏寶箱中，也可能放在麻袋中的啊。

就在我想到這一點的時候，白素已經一把抓住我的肩頭，向外拖去，白奇偉望着我苦笑，道：「衛大哥，不得了，還未曾拜堂，便打老公了！」

白素怒道：「哥哥，到這時候，你還在瞎嚼什麼舌根子？」

我的一面身子，被白素拉得向後退去，一面伸出手來，指向那三隻大麻袋，叫道：「奇偉，那三隻麻袋！」

白奇偉顯然未曾明白我的意思。他正站在那三隻麻袋的旁邊，一聽我指着三隻麻袋叫喝，提腿便是一腳，踢在一隻麻袋之上，道：「冒着生命危險，卻得了三隻——」

他下面的話，尚未講出，便突然收住了口。

而在那霎時之間，我和白素兩人，也不禁為之陡地一呆！

只見那隻麻袋，被白奇偉踢的一腳，滾動了一下，麻袋縫上的麻繩，立時繃斷，從麻袋中滾出來的，全是一紮一紮的美鈔！

白奇偉呆了一呆之後，立即俯身，拾起了兩紮來，叫道：「五百元的，一千元的，全是大面額的美鈔！」在那一霎間，我也呆了。

因為我們事先，雖已料到了這一筆財富，為數十分的龐大。但是我們卻未曾料到兩點。第一，未曾料到會全是現鈔。那當然是于廷文昔年南來之際，已將一切的寶物，都變成了美鈔的緣故。

第二、我們未曾料到，現鈔的數字，竟然會龐大到這一程度！五百元，一千元面額的美鈔，一百張一紮，裝滿了三大麻袋！我相信除非是銀庫的管理人，否則，實是任何人難以有機會見到那麼多的現鈔的！

我們三人，在發現了那三麻袋美鈔之後，不知不覺地發着呆。這一段時間，大約有十來分鐘，而我們都幾乎忘了環境之險。

我們三人之中，還是白素最先省起，猛地叫道：「還不走麼？」在我們未曾發現這筆財富之前，心中只是記掛着費了那麼大的心血，不應該就那樣半途而廢，所以對於白素的催促，總是未曾放在心上。

但這時候，我們兩人，一聽得「還不走麼」四字，卻不由自主，一齊跳了一跳，白奇偉連忙負起了一隻麻袋，道：「一人一隻，快！快！」

既然財富已被發現，帶不帶走，都是一樣，白素自然也不會反對。

我們三人，一人負着一隻麻袋。那一麻袋美鈔，大約在一千五百萬到兩千萬上下，若不是我們三人，都自小便受過嚴格的中國武術的訓練，如何負得它動？

我們三步併作兩步地出了地洞，又站在山頭之上。

然而，我們尚未起步向山下走去，只是四面一看間，我們都不禁呆了。

從我們被震跌下那山洞，到如今負着美鈔，又到了山頭，其間只不過是半小時不到的時間。然而，就在這半個小時不到的時間中，泰肖爾島上的情形，竟已發生了驚天動地的變化！

我們所站的這個山頭上，已經沒有什麼樹木了，放眼望去，濃煙四起。向下面看時，許多地方，都在蠕蠕而動，暗紅色的岩漿，幾乎已經截住了每一個去處。

在這樣的情形之下，倒是白素顯得最是鎮靜，她立即道：「跟我來，剛才，我曾勘探到一條道路，這時大概還可以通行。」

我們立即跟在她的後面，向山頭之下奔去，一路上，躍過了幾道大裂縫，裂縫中，「嗤嗤」地冒着白煙，好不容易到了山腳下，熔岩像是倫敦火車站的路軌一樣，縱橫交錯，四面八方全是，向前流動着，但奇怪的卻是，各有各的「路線」，並不混亂。

如果這些熔岩，不會威脅我們生命的話，那的確是一種空前未有的壯觀，有好幾次，我們不得不躍過一道一道，寬有三五尺的熔岩，向前覓路。在熔岩上躍過之際，我們都有自己已經是烤餅的感覺。

到了山腳下，又走了五分鐘，白素才道：「你們看！」

我們循她所指，向前看去，只見她所指的，是一道土崗。

那道土崗蜿蜒向前通去，因為高出地面四五尺，所以，土崗上面，還沒有熔岩。

我們心中一喜，白奇偉一聲歡呼，身形一展，已經躍上了那土崗，向前疾馳而出。我和白素，也躍了上去，我問道：「這土崗可以通向何處？」

白素顯然還在負氣，道：「別問我，我們離不開這個島，也不是我的錯。」

我歎了一口氣，心中暗想，真的要是離不開這個島，那我們自然是百死無生了，多難過着急，也是一點用處也沒有的，不如將心情放樂觀些好，因此，我便笑道：「我們離開了島，第一件要辦的大事是什麼？」

白素自然知道我的意思，「呸」的一聲，並不回答，便向前奔出。轉眼之間，我們已到了那土崗子的前面。

向前望去，我們不禁放下心來，因為前面，呈現着一片綠色，看情形地面上連裂縫也沒有，樹木也未曾被連根拔起。

我們三人，一齊向前奔馳着，愈是接近海邊，我們便愈是興奮，因為我們，終於將可以離開泰肖爾島了——不是空手，而是帶着當年由青幫司庫于廷文經手埋藏的鉅大財富！

可就在這時，只見一道其寬無比的熔岩，就橫亘在我們的前面！

而到了這地方，地面的震動，也是劇烈到了極點，我們簡直不是向前走着，而像是被地面的震動，推得向前，跌出去的。

前面有熔岩阻路，自然難以越過。我們又順着這道熔岩的去向，飛奔而出。

因為熔岩前流的速度，並不是太快，如果我們追上了它的頭，便可以繞過去了。

奔出了幾十步，我們已到了那股熔岩的盡頭。

這時候，我們三人，都已經滿身大汗，額上更是汗如雨下，連視線都為之迷糊了。我們索性不去抹汗，因為抹了也沒有用，轉眼之間，汗又淌下來了。

找到了熔岩的盡頭，我們便立即繞了過去，向着海邊奔去。

我喘着氣，道：「奇偉，如果我們出不了這個島，那其錯在我了。」

白素道：「關你什麼事？」她顯然還在責怪她的哥哥。而白奇偉則一聲不出，只是向前飛奔，我們只揀高地走，沒有多久，便已經可以看到海了！

白奇偉一馬當先，奔上了一個土墩，停了下來，大聲歡嘯！

我們離海只有百來碼了，實在也值得歡嘯，我和白素，來到了那土墩上之後，也停了下來。

我們都望着海，都想立即便可以帶着三麻袋美鈔，離開泰肖爾島了。

然而，一切的變化，都是那樣地突如其來，在幾秒鐘之內，就已經什麼都不同，什麼變化都完成了！

我們首先，只覺得異乎尋常的一陣震盪，接着，便是震耳欲聾的聲音，我們三個人，一齊仆在地上。當我們再站起來時，我們發覺，我們所站立的那個土墩，四面全被熔岩所包圍了！

包圍着我們的熔岩，寬達十公尺，土墩上的草木，迅速地焦黃。

那種死亡的灼熱，那種難以想像的旋風，令得我們在片刻之間，不知怎樣才好。

海就在面前了，海水也十分平靜，但是我們，卻陷入了岩漿的包圍之中！還幸虧我們在土墩上停了一停，要不然，這時候我們已被熔岩吞沒了！

白奇偉回過頭，向我望來。白素的聲音，卻顯得十分平靜，道：「還是那句話，要錢不要命，要命不要錢！」

白奇偉道：「這是什麼意思？」

白素一聳肩，放下肩上的麻袋，道：「這三大麻袋美鈔，可以供我們墊腳！」

我和白奇偉兩人一聽，不禁呆了！

但是，土墩上連石頭也沒有一塊，除了這個辦法之外，實是別無他法！白奇偉叫道：「不！」但是白素一揮手，已將她手中的麻袋，拋了出去，落在丈許開外，我立即飛身躍起，落在她拋出的麻袋之上，手一振，又將我肩上的麻袋，向前拋去。白奇偉一聲怪叫，連躍而下，和我站在同一隻麻袋之上，拋出他的那一隻麻袋，白素也在這時，躍了過來。

靠着那三麻袋美鈔的墊腳，我們總算躍過了這一道寬達十公尺的熔岩。

我們向前奔出了十幾步，回過頭來，那三麻袋美鈔，正在發出老高的火焰。這，大概是有史以來，最珍貴的火焰了！

儘管我們想憑弔一番，但我們卻不敢久留，奔到了海邊，向環形島游去。

我們離開了泰肖爾島，但卻是兩手空空！

兩天後，我們一行人，回到了馬尼拉。四天後才回去。宋富在下機時，拍了拍我的肩頭，道：「我答應過告訴你一個秘密的，那就是近幾年來，活躍國際的大毒販就是我！」

我陡地呆了一呆，宋富又道：「我決定洗手了，一個月後，你可以向警方報告，說消滅了這龐大的販毒機構，是你的功勞！」

我和他緊緊地握了握手，依依說道：「祝你和紅紅快樂。」

他和紅紅，連停都不停，就馬上聯袂飛往東京去了。

我回到了家中，白老大仍舊過着他地底的生活，白奇偉和我已言歸於好，但是和白素卻還時時爭論。

爭的當然還是泰肖爾島上的事，一個說如果聽他的，便能將錢帶出，另一個則說不聽他的，只怕連人也變成灰燼了。

我則保持「中立」，因為這兩個人，誰也不能得罪，白素已儼然是我的未婚妻了，你敢得罪未婚妻和未婚妻的哥哥嗎？

（全文完）

衛斯理小說典藏版　03

衛斯理與白素

作　　者：　衛斯理（倪匡）
責任編輯：　黎倩雲　黃敬安
封面設計：　三原色
出　　版：　明窗出版社
發　　行：　明報出版社有限公司
　　　　　　香港柴灣嘉業街18號
　　　　　　明報工業中心A座15樓
電　　話：　2595 3215
傳　　眞：　2898 2646
網　　址：　https://books.mingpao.com/
電子郵箱：　mpp@mingpao.com
版　　次：　二〇二〇年七月初版
　　　　　　二〇二二年七月第二版
I S B N：　978-988-8687-17-6
承　　印：　美雅印刷製本有限公司